A ARGENTINA

A ARGENTINA

Rodrigo Natividade

imfi

Para M.

A Annie Ernaux.

It takes two to tango.
(expressão norte-americana)

Amor é a gente querendo
achar o que é da gente.
João Guimarães Rosa

Depois de um tempo, "a Argentina" passou a ser principalmente sinônimo de mulher, de uma pessoa. E o nome do país tornou-se secundário.

Interrompo a escrita do que seria meu primeiro livro para me dedicar a contar a história de uma paixão (que vivi). Confesso que a ideia de que esse relato possa vir a se tornar a minha estreia como escritor não me agrada, pois não apresentarei nenhum traço de criatividade; nada invento; pretendo apenas narrar uma situação da vida.

Anteriormente, na ficção que vinha escrevendo, as palavras aconteciam com certa fluência, até passarem a rarear; vinham poucas e aos poucos. Entretanto, lembranças sobre ela, sua imagem, em um forte impulso, se sobrepunham a meu processo de criação. Começo a querer encaixá-la em histórias já iniciadas, torná-la personagem, mas as trocas que faço não me satisfazem, e simplesmente porque as personagens não eram ela. Não queria manipular sua existência para caber nas linhas de alguma narrativa ficcional, não queria que ela fosse personagem inventado.

A realidade das coisas me parecia de qualidade superior a qualquer invenção que pudesse conceber. Mas para escrever, para remontar os dias, preciso que exista saudade, ainda. Não sei se me forço a estender um sentimento para que possa existir um livro. E se o faço, também carrego sua ausência como um fardo.

Era uma terça-feira.

Nós nos conhecemos, por acaso, num samba no Centro da cidade.

O lugar — uma antiga gafieira — estava muito cheio, o que tornava o ambiente quente, abafado. E precisei sair algumas vezes para tomar um ar.

Em uma dessas saídas, a encontrei. A agitação de suas amigas é o que me faz olhar em sua direção, e a vejo ali, entre elas, recostada num poste.

Ela apareceu quando eu não esperava mais nada da noite.

Acho, talvez, que ela passou por mim, antes, uma vez, meio de longe; me parece que sim, mas não tenho certeza.

Eu me aproximo. Ela não me estranha. Digo alguma coisa, qualquer coisa; já em outro idioma. Não me lembro se sequer perguntei seu nome, antes de pedir um beijo.

Nos beijamos, longamente, lentamente. O beijo termina apenas porque ela precisa ir. Peço que fique mais um pouco, mas ela diz: preciso ir embora.

Quando retorno para a companhia de duas colegas, amigas de uma amiga, pessoas que conheci naquela mesma noite, a primeira coisa que escuto ao me aproximar é "palmiteiro": termo usado para definir um homem negro que se relaciona fisicamente ou sentimentalmente apenas com mulheres brancas. A acusação dizia mais sobre elas do que diretamente a mim; mal me conheciam. Por simpatia, devo ter sorrido a acusação, embora não achasse graça. Elas não apagam o contentamento do meu rosto, acham inclusive que é em reação à "piada", e não ao beijo. "Tua branca voltou", uma delas me informa, com deboche e aos risos. Ela volta para pedir meu contato. Tento lhe dar meu número de celular, mas ela quer alguma rede social. Ela ainda diria: "queria saber sua personalidade".

Antes dela ir embora, de novo, voltaríamos aos beijos, agora mais breves. Em seguida, levo-a até o carro, onde suas amigas esperam.

Ao escrever o último parágrafo, em que narro a noite em que nos encontramos pela primeira vez, pouco a pouco, dou-me conta de que só há uma história para ser contada pelo fato dela ter voltado.

E se ela não tivesse voltado? Como seria? Não seria. Nem mesmo sentiria sua falta. A vida seguiria normalmente. A lembrança que teria dela, seria a de um beijo, e essa seria a única memória que teríamos um do outro, a de um beijo bom. Não existiria a sensação de perda que hoje tenho ao pensar no "e se...". O acaso, talvez, agiria novamente, e, poderíamos voltar a nos encontrar pela cidade, como viria a descobrir depois, em lugares que partilhávamos, sem saber.

No entanto, minha inação não era imprevista. Mesmo o contato não era garantia de nada — como a princípio não foi. Para mim, desde sempre, o que acontecia na noite terminava com a noite. Um beijo era apenas um beijo, assim como o sexo — por mais que fosse bom. Era por uma noite e só, depois nada, depois não havia continuidade. E se voltássemos a nos encontrar, haveria de ser por meio do acaso, como da primeira vez. Ou não seria nada. Procuro na memória como quem conta nos dedos; nas vezes em que aconteceu, era impossível prever as reações; já aconteceu de haver outro beijo, ou de ambos fingirem não se ver, ou mesmo apenas uma conversa de tom amigável, mas nunca aconteceria de convidá-las para um encontro menos acidental.

Em toda minha vida, nunca estive em um encontro. Nunca marquei de encontrar com alguém, um interesse amoroso, em um restaurante, cinema, bar, praia. Quando surge a proposta, por não saber dizer "não", não digo nada, me ausento, sumo, e ante a insistência digo: "vamos marcar", sem nenhuma intenção de fazê-lo. Nas vezes em que fiz, arrependido, desmarquei pouco antes de acontecer. Nos dias que antecedem a data marcada, sou atormentado pela ideia, pelas possibilidades, do que pode vir a ser, de não saber como me comportar, de não saber o que dizer, do silêncio. E, sob a paralisia do medo, desisti.

São vinte e três dias que separam aquele beijo e nosso reencontro; podíamos ter nos encontrado antes, mas demoro até respondê-la. Queria que ela desistisse de mim, que me esquecesse, como outras fizeram, naturalmente. Mas ela não desistiu. Ela insistia, e por quê? Eu não entendia. Tenho consciência de que essa minha atitude muito se confunda com 'desinteresse', mas sei que sua verdadeira natureza é o medo. E medo de quê? De mulher, do sexo oposto, do outro? Da rejeição ou de rejeitar? De amar ou de não amar? De ver a tristeza no rosto de alguém que me ama e saber que eu a provoquei, saber que alguém que me ama está triste por que não amo de volta? O medo pelo medo — o que não ousava compreender. Talvez, eu seja apenas um medroso. E sinta preguiça, de lidar com o outro. Sobretudo, de lidar comigo.

(Hesito. Minha escrita se torna hesitante. Mas continuo.)

Um amigo dirá que aceitei revê-la porque sabia que ela iria embora. Como se a casualidade estivesse posta em sua condição de turista.

Talvez esse amigo esteja certo. Ou talvez, quando a respondi, esperasse que ela já tivesse partido.

Voltamos a nos reencontrar após uma proposta repentina e indecente. Depois dela me mandar uma nova mensagem, a convido para minha casa, na Zona Norte da cidade. Ela chega pela manhã, cedo, antes do meio-dia. A recebo com um beijo no rosto; a timidez retarda nossos planos em recomeçar exatamente de onde havíamos parado. E, distanciados, conversamos por um tempo — contudo, agora me escapam os assuntos e as palavras. Demoro até alcançar uma abertura: seu beijo. "Achei que você não queria mais, ia embora", ela me dirá bem mais tarde naquele dia.

Ao beijá-la senti um gosto de cigarro, ela deve ter sentido gosto de café.

O beijo nos relembra daquela noite em que nos conhecemos; e novamente, se faz longo, lento, bom. No toque dos lábios, sinto que ainda resta a memória de uma intimidade; sua boca não me é estranha, conheço seu beijo; tudo que eu conheço dela é seu beijo. Sendo seu, conheço também algo próprio dela: seu ímpeto de resistir, e depois ceder — à própria vontade (e à minha).

Desta vez, temos tempo, ela não dirá que precisa ir; ainda não; somente irá dizer mais tarde, quando tudo já aconteceu e realmente precisará ir; mas por enquanto não dirá nada sobre ir embora, sobre a falta de tempo, e podemos continuar até chegar ao fim; ao fim do que começou naquela noite em que nos conhecemos.

No quarto, existíamos alheios a tudo, ao resto. Lá fora, a abstração, o nada: um esquecimento.

A tarde de outono atravessa as cortinas, mas não nos acanha a nudez, nossa nudez, à meia luz, sem coberta, sem nenhum pudor.

O ar era azul, leve, sereno, e nossa respiração, densa, ofegante, descompassada.

Na cama, seu corpo, meu corpo. Eu, ela. Os sexos pulsantes. Nós. O descobrimento de algo novo, na desordem entre o casual e o íntimo. Um desejo primitivo, de carne e osso, existia dentro da doçura das mãos entrelaçadas. E, ainda assim, éramos dois estranhos, dois estrangeiros, um para o outro. Não a conheço. Devo descobrir a novidade de seu corpo. Descobrir os significados, o que quer dizer a palavra, sussurrada ao pé do ouvido, o comando: *mais*. Devo ler sua carne trêmula, seus movimentos, a veia que salta, seus gestos, os lábios secos do prazer boquiaberto, ler os sinais que me revelam o que devo continuar estimulando, o que de *mais*; descobrir o que lhe é mais prazeroso, e continuar.

E assim, meu prazer existia no prazer dela — também.

Não saberia dizer nada, ou quase nada do que se passou na cama. De tudo. De tudo que existiu apenas ali, no quarto, naquela tarde. Se tento narrar as sensações que experimentei, fica ainda mais evidente que não sei expressá-las.

À margem, me vejo completamente abandonado de mim: desdobrado, ávido, febril; e vejo-a, também em seu próprio abandono: transparente, turbulenta.

É somente dessa forma que posso me ver, assim, de modo espelhado, através dela; é como posso dar sentido, me reaproximar, ao que me vem como um borrão. Lembro de seu rosto, seus olhos, seu olhar. Lembro do seu corpo, ardente, da pele avermelhada, vivaz. Lembro do que é de uma natureza imponderável; do que nunca saberei como narrar.

Ao cansaço do corpo, nos restará a voz: puxar conversa.

Percebo que, depois do sexo, me comporto de modo mais espontâneo, menos "canchero y creído" — porém é difícil apontar exatamente as diferenças.

Mas o clima ainda era de casualidade, e era tanto assim que existia espaço para que falássemos sobre amores passados, e recentes; discutiríamos sobre o último homem com quem ela se deitou, e sobre a última mulher que disse não me amar.

Nenhum assunto era inadequado. Conversávamos sem nos preocupar em criar uma imagem ideal para o outro. Podíamos dizer praticamente qualquer coisa sem a timidez, medo ou vergonha habitual do início de relação — pois aquele era também o fim; não nos preocupávamos com o que o outro iria achar, nem o que poderia ser dito a nosso respeito a terceiros, posto que éramos estrangeiros, não tínhamos conhecidos em comum, não havia reputação mínima para manter.

Era como contar a vida para um bêbado num bar, que se esquecerá de você ao acordar sóbrio na manhã seguinte.

Talvez, o único filtro fosse para manter a casualidade. Antes de dizermos qualquer coisa, antes de dar voz à palavra, toda frase era pensada e repensada para não fazer o outro intuir que aconteceria um próximo encontro. Dizíamos: "Você tem que ir..." ou "Você ia amar conhecer..."; tirando o corpo fora, sem nos comprometer, sem nos darmos à companhia.

Em nossas palavras, não havia sinais de que nos veríamos novamente.

Dentre as sugestões de lugares que ela poderia gostar de conhecer, falo de um bar, Bip-Bip, e de seu dono, Alfredinho. Falo sobre um lugar que frequentava semanalmente, antes da pandemia, e depois ao qual nunca mais voltei. Ela diz conhecer o bar, e ainda que costumava frequentá-lo durante essa estadia no Rio. Digo: "vou sozinho, levei uns amigos para conhecer e detestaram". Eu me arrependi de levá-los, zombam, não levo mais ninguém. O bar não agrada a todos, ou as pessoas amam ou odeiam.

Digo também que planejava escrever sobre a morte do dono do bar. E ao contar como descobri sua morte, no meio de um bloco de carnaval, começo a chorar. As lágrimas caem sem anúncio, sem meu controle. Conto do alheamento das pessoas à notícia da morte do Alfredinho. E choro mais. Conto que sentia um pouco de medo dele, de sua grosseria, e por isso nunca cheguei a falar com ele. E choro. As lágrimas caem sem que meu rosto tenha semblante triste; eu mesmo desconhecia aquele sentimento, desconhecia a razão de meu choro, que se encerraria somente ao fim da história, ao calar-me; se falo, ainda choro. Envergonho-me. Pela primeira vez, choro na companhia de uma mulher na cama. Ela limpa minhas lágrimas, me olha, me escuta contar a história, e não sei mais o que pensa de mim. Choro sozinho. Ela não chora ao me ver chorar. Nunca a verei chorar. Uma noite, ela ficaria com a voz embargada e os olhos molhados, mas não choraria. "Não consigo", dirá. Nessa noite, eu pediria que chorasse, peço que chore para que se desfaça da tristeza: "chora", e quanto mais pedia por seu choro, menos ela se mostrava emocionada.

Ela deve desconfiar que eu escrevia, antes que eu lhe dissesse 'por alto' que desejava escrever sobre o Alfredinho, pela quantidade de livros e papéis com anotações sobre a mesa de meu quarto. Um dia, ela lerá duas páginas do livro que interrompi, de modo lento, para compreender o português, e vai parar, antes de conseguir formar uma opinião, dizendo que lerá o resto depois, mas nunca o fará.
Ainda não nos perguntaríamos nada a respeito da profissão, nada que identificasse nossa origem social, nada que nos desnivelasse socialmente — sobre isso, sabemos apenas o que está expresso na cor da pele, nas roupas que vestimos, e no inglês fluente.

A intimidade se intensifica, mais e mais. À medida em que conversávamos, nos descobríamos.
Não consigo retornar a esse dia sem lembrar de quando ela veio e se deitou sobre meu peito, nua, desconhecida, íntima, gentil. Eu sustento o peso do seu corpo — assimilo seu corpo; como se ela já fosse parte de mim. Eu a olho, a observo, bem de perto;

inteira diante de meus olhos. Minhas mãos vasculham seus lábios, as linhas de seu rosto, seus cabelos — o corpo não, não mais. E assim ficamos; mas não saberia dizer por quanto tempo ficamos assim, inertes, estendidos na cama, entregues ao rebento de um afeto inesperado.

A vibração de seu celular nos desperta; nos lembra de uma existência além do quarto. Ela havia chegado no começo da manhã, e já era fim de tarde, quase noite, seis horas haviam se passado. Quando o celular toca, as horas voltam a existir, outros compromissos voltam a ter horário marcado, e agora, talvez, alguém a espere. Ela diz que precisa ir embora; e ficará mais. Não quero que ela vá. Ela também não parece querer ir. Nós nos beijamos mais, tentaríamos outra vez, para que nos esquecêssemos, de tudo, de novo. Mas ela se lembrará de que precisa ir, e repete: preciso ir embora.

Nossas roupas espalhadas pelo chão, em meio a preservativos, eram como uma instalação de arte moderna que dialoga sobre o acaso, o desejo, a sensualidade e a juventude.

Deitado, assisto a ela se levantar e começar a se vestir. (Lembro de pensar que ela parecia maior na cama. Devo ter dito isso a ela: você parece maior na cama.) E vestia-se tão lentamente que, por mais que estivéssemos cansados, voltaríamos à cama.

Era uma letargia proposital, estimulada pela vontade de continuarmos nos conhecendo, de mais prazer, de mais intimidade, de prolongar a circunstância onde nós acontecíamos, onde éramos possíveis, o que seria ocasional, o que a princípio aconteceria aquela única vez. Por isso atrasávamos o fim, penso agora. Porque o depois era incerteza. Não sabemos se nos veríamos novamente; apesar de tudo, apesar de toda afinidade, aquele ainda era um encontro casual. Um depois, um outro reencontro era incerto. A reciprocidade era incerta. O tempo era incerto. Vale a pena? Qual é o sentido, se ela partirá em breve? Daria tempo? Tempo para mais o quê? Sem conhecermos a resposta, deveríamos nunca mais abandonar o quarto, nunca mais nos levantarmos daquela cama. Recomeçar, de novo, e outra vez: esse era o desejo. A realidade era que ela tinha um compromisso, para o qual já havia aceitado se atrasar duas horas, e não podia adiar mais, precisava ir.

Quando ela foi embora, lá fora, o céu de outono azulava meio noturno, anunciando o início da noite.

Ela vai, me vem o cansaço: quero dormir. Lembro de não sentir a necessidade de tomar banho — não me sentia sujo, eu tomaria banho ao acordar.
  Antes de me deitar, abro as cortinas para arejar o quarto, e retiro os lençóis sujos da cama, sem pôr outros no lugar. Tomado por exaustão, durmo na cama sem forro.

No futuro, retornarei ao lugar em que nos encontramos pela primeira vez. Ela não me acompanha, não estará mais no Brasil. Depois daquela noite, eu nunca mais havia voltado lá.
  Retorno ao samba, novamente em uma terça-feira, na mesma velha Estudantina da Praça Tiradentes numa tentativa de clarear os acontecimentos da noite em que nos conhecemos; de resgatar a memória — pensando na escrita deste livro.

Ao chegar, tento não deflagrar minhas intenções; devo me comportar exatamente como daquela vez — ou, pelo menos, fingir que desconheço minhas motivações, de modo a não agir de forma artificial. Chego cedo. Logo depois, uns amigos chegam e me fazem companhia. Eles não percebem nada de suspeito em minha maneira de agir, nenhuma melancolia, ou olhar perdido, a mais do que o usual, ou diferente. O samba começa, a cerveja começa, eu ainda finjo. A roda de samba pausa e reinicia, outra rodada de cerveja é comprada, e somente bem mais tarde, quando o relógio se aproxima do horário que eu suponho ser o mesmo daquele encontro, é que tento refazer meus passos. Saio para tomar um ar (no meio do samba), passo ao lado do poste (onde nos beijamos), me posiciono perto da grade (de onde a avistei). Olho em volta, como se procurasse o espectro dela no vazio da multidão; esperava que o lugar onde nos encontramos pela primeira vez fosse um lugar luminoso para memória, esperava que as imagens voltassem, que palavras voltassem, que ali eu fosse assombrado por sua presença. Mas não sinto nada; devia ter sentido alguma coisa — um arrepio, um afeto — ao chegar, mas não senti; então pensei que sentiria depois, ao entrar na madrugada, mas não: nada, não estamos lá. Lá é apenas o lugar onde nos encontramos. Desconfiança que se confirmaria ao narrar; percebi que não havia muito a ser dito. Quando escrevi, os parágrafos se estruturaram de maneira hesitante; o caminho que refiz é basicamente de ações consecutivas até chegar ao beijo, instintivamente; sem uma linha sequer de pensamento. Narro a totalidade do que me lembro; e sobre o que não tenho certeza, me calo.

Para mim, aquela foi uma noite comum. Não teve nada de mais. Naquela noite, ela foi uma mulher entre outras, um beijo entre outros beijos; dos quais também não guardo recordação nenhuma; nada; era assim na noite, não me lembro simplesmente porque não devia lembrar.

De tudo, apenas o acaso se salva. Aquela noite serve para atestar o acaso de nosso encontro; na sucessão de decisões e acontecimentos que se deram até encontrá-la. E ao estender essa convergência de fatores a ela, as escolhas que a levaram até ali, torna o acaso força ainda mais legítima; havia de ser naquela noite de samba, ou essa história não existiria — e continuo: se nos víssemos em algum outro lugar, em que não houvesse inclinação à boemia, tenho a certeza de que não aconteceria nada entre nós.

Mais tarde nesta história, eu e M. conversaremos sobre os dias dela antes de me conhecer. Ela mostrará umas fotos em seu celular, irá me narrar coisas que fez na viagem, os lugares e as pessoas que conheceu. Verei, de relance, uma foto nossa se beijando, o que é uma surpresa. Ela hesita em me mostrar: talvez eu não devesse tê-la visto. Até então não sabia da existência de uma foto do exato momento de nosso primeiro beijo. Ela dirá: minha amiga tirou.
Quem nos fotografou estava a nosso lado direito, perto da grade. Na foto, somos vistos de lado, de perfil; nos beijamos, quase recostados no poste. Ela tem os braços em volta do meu pescoço, eu tenho uma das mãos em sua cintura e outra em cima, em seu rosto. A diferença de altura entre nós, faz com que eu encurve a coluna e ela se erga nas pontas dos pés, para alcançarmos o beijo. Sua aparência não denuncia sua nacionalidade, ou qualquer estrangeirismo, ela vestia apenas uma camisa verde sem mangas, uma calça jeans, com um

tênis preto, e tinha o cabelo mais desarrumado que preso no rabo de cavalo.

Não estamos sozinhos na foto. Em segundo plano, um pouco atrás de nós, sua amiga também aparece beijando um rapaz negro. Deles, não guardo a menor lembrança, de nada, de nenhuma característica. Só sei que estão na foto, atrás de nós, e que também se beijam. Pela forma com que a foto foi tirada, a intenção de quem fotografou foi enquadrar as duas amigas de férias beijando simultaneamente rapazes em país estrangeiro. De resto, não lembro se a foto mostrava ambiente vazio, ou se havia uma multidão; o que está ao redor me volta como um grande borrão.

Eu vi a foto de nosso primeiro beijo essa única vez; no dia, pedi que me enviasse depois, mas ela nunca me enviará.

Não é lá, na velha Estudantina que a encontro, de novo, diante de mim. Nunca foi lá. Mas para ela, pode ser que seja. Uma vez, me perguntou se não senti nada com o beijo, disse que para ela foi diferente, e por isso voltou. Não lembro o que respondi, devo ter silenciado, ou ter feito aquilo que não me permito fazer nesta narrativa: mentir. Para mim, seria no meu quarto, na minha cama, naquela tarde. Mas não era um lugar, nem o sexo, mas nossa companhia. Quando ela veio e se debruçou sobre meu corpo; foi ali, a partir daquele momento, que mudou alguma coisa para mim.

É quando sei que deveria, ao menos, me lembrar.

Antes dela deixar minha casa, ainda não sabia se iria revê-la. Somente quando ela vai embora, é que descubro que sim, que gostaria de vê-la novamente.

E não pararíamos mais de conversar.

Na manhã seguinte ao reencontro, ao acordar, dizemos sentir saudades.
Queremos nos encontrar de novo, mas não posso, tenho compromisso. E nos desencontramos no dia depois desse, no outro também. Foram quatro dias de desencontros. Marcamos apenas de nos ver, sem exatamente pensar no que faríamos — uma vez juntos, não parecia importante pensar nisso.
Teríamos um recomeço — menos casual.

Algo havia se encerrado no último encontro: a noite havia se encerrado. Continuar representava outro começo — e talvez um novo desejo. Aquele será nosso primeiro encontro; meu primeiro também.

Em casa, antes de sair, não cogitei cancelar, não era uma ideia; apesar do nervosismo, me encontrava impaciente, esperando a hora marcada. Mais tarde, ela me dirá que também "estava um pouco nervosa, mas quando te vi passou".

Chego a seu endereço em Ipanema. Ela me espera, e desce à rua quando eu chego. Podíamos ter subido a seu quarto. Houve o convite. Não subimos. Há a impressão de que agora devíamos nos conhecer — para que permanecêssemos *distraídos*. Estamos parados em frente ao prédio, e não sabemos para onde ir. Então fomos na direção da praia. Andamos. E pararíamos para comprar cervejas. Ela compra um maço de cigarro Lucky Strike. E voltamos a andar.

Iríamos de Ipanema a Copacabana, pelo caminho da orla, com o mar ao lado, conversando. Caminhávamos um pouco, parávamos, se houvesse um daqueles banquinhos de concreto à beira-mar, sem ninguém. Nos beijávamos; às vezes quase passando dos limites do afeto público (nos intervalos entre um beijo e outro, eu olhava em volta; era um reflexo, sentia que estávamos sendo vigiados).

Deixava-me levar por sua espontaneidade. Lembro que tive a sensação de estar vivo; como se estivesse correndo risco de vida — de viver. Me sentia jovem (embora eu seja jovem, não me sinto tão jovem, como me senti naquele dia). O nervosismo passou; sabia-me levemente feliz, contente. Acho que ela também se sentia assim. Estava em sua voz, no jeito de falar, e transbordava em seus passos, saltitantes, enquanto me contava sobre sua vida.

Ela diz que é figurinista. Diz que trabalha majoritariamente em clipes de música, propagandas, e que já trabalhou na equipe de alguns filmes. Mas sonha que um dia o trabalho não dependa tanto de sua presença, para que possa passar meses mar adentro, velejando. Ela gosta do mar. Diz que está gostando de poder ir à praia diariamente. Ela me conta que foi furtada no Arpoador, e que conseguiu reaver sua bolsa na marra e valentia. Ainda assim, não acha a cidade tão perigosa como lhe alertaram.

É sua primeira vez no Rio. Ela veio com amigas, de férias. Eu não pergunto por quanto tempo ela está aqui, e procuro me esquecer quanto mais ela ficará. Sentia que já não tínhamos mais nenhum tempo.

Eu escuto tudo, e apenas falo para perguntar algo mais. Não sabia o que dizer sobre mim, não tenho uma opinião formada sobre minha pessoa (me descrever sempre foi função de algum amigo ou parente; eu mesmo prefiro não dizer nada, ser ninguém, um desconhecido, até, com o tempo, deixar de ser). Diferente dela, não conseguia falar espontaneamente de minha vida; para eu falar, havia de existir uma pergunta, ela devia me perguntar algo. Talvez me deixe conhecer pela escuta atenta aos detalhes, e a medida de uma resposta mínima, suficiente o bastante para eu não parecer desinteressado e desinteressante; e logo, volto a instigar a outra pessoa a falar mais.

Ela acha o Rio um lugar acolhedor, e diz que isso a contagiava, a tornava mais afetuosa. Diz que a cidade a mudou. Diz que se comporta de maneira diferente na Argentina, que não deixa ninguém se aproximar, que é "fria". Nessa parte, não acredito nela, sequer consigo imaginar essa outra mulher.

Quando voltamos a nos encontrar, sei que ela está aqui há quase um mês, então já se adaptou ao Rio, está acostumada à cidade, à gente carioca, e não se espantava mais com tudo, mas ainda via a cidade com olhos de estrangeira — uma visão contagiosa, como conjuntivite.

Nos demoramos, devagar, sem pressa — como acontece nesses casos. Fizemos um desvio pelo Arpoador, pela Praia do Diabo. Seguíamos o caminho mais longo. As horas passam, anoiteceu, esfria, ventará. Passamos ao lado da estátua do Drummond, conto-lhe a história dos roubos dos óculos, mas ela não pareceu se interessar. Caminhamos até chegar ao início da Rua Almirante Gonçalves. Ela me leva de volta ao Bip-Bip. Volto ao bar depois de praticamente dois anos afastado. Talvez, se não fosse aquele encontro, não teria voltado até hoje. O bar é pequeno, modesto. Há pouco espaço no lado de dentro; o público fica de pé, e só há cadeira para os músicos. Também não há microfones; assim, toda plateia deve fazer silêncio: é a filosofia do bar — mas desde a morte do Alfredinho nem todos respeitam. Nós esperamos para entrar; por um espaço para nós dois na parte de dentro, aonde a música chega mais limpa, sem ruído. Quando entramos, nos colocamos em frente aos músicos. Uma mulher canta: afinada, bossanovista. Canta sambas antigos, que são entoados por pandeiro, cavaco, violão e tantã.

Depois de algum tempo, de algumas músicas, quando procuro seu rosto novamente, percebo um semblante intranquilo. Pergunto se está tudo bem, e ela faz que sim com a cabeça, sem dizer palavras. Na pausa entre uma música e outra, ela diz que quer sair para fumar um cigarro. Saímos. No lado de fora, ela dirá que havia se emocionado. Dirá que dentro do bar "não há outra opção senão sentir a música", mesmo que não compreendesse completamente a letra da canção.

Ela termina o cigarro, mas não retornamos para dentro. Ficamos ali na área externa, debaixo do toldo, junto ao resto do público, onde ainda podíamos ouvir a música e éramos mais livres para conversar.

Um samba toca ao fundo.
Ela: Você vai dormir comigo hoje?
Eu: Sim

O bar esvazia, o público dispersa. "Só mais um último samba, uma última cerveja" e vamos a pé, andávamos em passos tortos, desviantes, pelas ruas de dentro, até o quarto que ela alugava em um apartamento duplex em Ipanema. Na casa, havia outras pessoas, mas quando chegamos as luzes estavam todas apagadas. Além dela, em outro cômodo do apartamento, se hospedava um casal de colombianos; e no sofá, um mochileiro, de um país que não me recordo; o restante do lugar estava desocupado. Não cheguei a conhecê-los, mas no silêncio da noite escutaria o barulho da porta principal abrindo e fechando.

Seu quarto era simples, de arrumação pouca, ou suficiente para uma viajante que quisesse apenas um lugar para dormir, tomar banho, e guardar a bagagem. Antes de entrar, eu tiraria as sandálias, e ao pôr os pés descalços no chão, sentiria uns grãos de areia da praia.

A cama era um colchão junto ao piso de madeira, onde nos deitamos e dormimos. Pela primeira vez dormiria com alguém com quem havia transado. Na companhia de outras mulheres, que depois do sexo decidiriam passar a noite, nunca consegui dormir. Fecho os olhos, cochilo, descanso, mas não durmo. Permaneço em estado de sono leve, vigilante, despertando ao menor gesto de atividade da amante, como se precisasse estar pronto, disposto a recomeçar, uma outra vez.

Mas naquela noite, apenas dormi. Se tivéssemos transado, talvez eu não dormisse e a história seria outra; não transamos, então eu durmo, ela dorme, dormimos.

Lembro-me de ter despertado durante a madrugada. Abro os olhos e, entre as arestas da persiana, vejo o céu claro-escuro, mas o sol ainda não despontou. Mais cedo, havia dito a ela do tempo em que eu morava na Zona Sul, e chegava da Lapa neste horário, na quase alvorada, e ao invés de ir direto para casa, entortava meu caminho para ir ver o sol nascer no alto da Pedra do Arpoador. "Quero fazer isso!", me disse com alguma empolgação; mas agora ela dorme; vejo-a a meu lado, sinto seu calor, sua respiração, ela dorme na pele de meu braço, até penso em acordá-la, mas desisto, volto a dormir.

De manhã, com o sol, acordo. Não despertamos ao mesmo tempo, mas lembro quem primeiro abriu os olhos; como se não tivesse havido uma espera. Acordo num quarto estranho, em uma cama estranha, fora de casa e, estranhamente, não me sentia deslocado; talvez, por aquele quarto não ser de fato dela, e por isso, representar para mim, o mesmo que significava para ela: um alojamento provisório onde podíamos dormir. Lembro que uma das primeiras coisas que ela fez ao acordar foi me perguntar se havia roncado. "Eu ronquei?" Esse assunto havia surgido quando já estávamos deitados na cama, adormecendo, e manifestava uma preocupação se nós conseguiríamos passar uma boa noite de sono dormindo juntos; o que, de algum modo, parecia um medo bobo, mas, ao mesmo tempo, determinante para descobrirmos se funcionaríamos em uma relação amorosa. Ou, de maneira mais comedida, para saber se aquilo poderia se repetir outras vezes.

E quando acordamos, surgiria ainda outra preocupação, agora em não demonstrar o mau hálito matinal, e assim, pela primeira vez, nossos beijos seriam singelos, simples, sem abrir a boca, sem língua.

Todavia, sobre seu ronco, lhe responderia que não, e pergunto se eu havia roncado. Ela diz que sim, "um pouco", que então me balançou e eu parei. "Foi a cerveja", devo ter tentado argumentar, provavelmente. Primeiro me envergonho, depois me esqueço.

Para ajudar a despertar, ela põe umas músicas (descobrirei que ela sempre ouve músicas ao acordar, que acorda num estado dançante, *voguing*). Seu gosto musical se mostrará tão eclético quanto o meu. Era igualmente similar a importância que a música tinha tanto na minha vida quanto na dela, como a única forma de arte sem a qual não podíamos viver. Houve uma excitação com essa descoberta, a semelhança; naquela manhã só ficamos na cama ouvindo músicas; era uma 'playlist' de canções que trouxe com ela e as que conheceu por aqui — nos dias antes de me conhecer. Lembro que ela via beleza na forma com que a música popular brasileira podia ser facilmente ouvida pelas ruas da cidade, e na forma com que era apreciada até mesmo pelos jovens — talvez, em contraste ao tango na Argentina.

Com o passar do tempo, as músicas que escutamos juntos naquela manhã, se somariam às outras, ainda vindouras; seriam canções que cantaríamos, sem parar, repetidas vezes, cantarolando baixinho, ou em dueto.

Espontaneamente, sem nos darmos conta, íamos formando uma trilha sonora que permeará a memória desses dias.

Desde aquela manhã, nós já nos comportávamos como um casal. Não sei quando começou; talvez ao acordarmos na mesma cama, ou pode ter sido ainda durante a noite. Ou antes, talvez. Talvez, já estivesse presente no desejo de um novo encontro — e, ao aceitar, na verdade, marcávamos uma decisão de nos apaixonarmos; não sei como aconteceu, tão rapidamente — que agora parece ilusão —, mas éramos um casal.

Do desejo fez-se a intimidade, a paixão virá depois; é cedo nessa história para falar de paixão, vivíamos apenas uma intensa liberdade.

Nos levantamos da cama para tomar banho juntos. Ela aproveita para escovar os dentes; eu não levei minha escova, ela me oferece a sua, eu nego, ela então sorri. Havia uma alegria boba em tudo que fizéssemos, até em desnudar-se. Me acostumava à nossa convivência desavergonhada. Lembro que mal cabíamos debaixo do chuveiro, lembro que a ensaboei, e ela fez o mesmo comigo — era tudo uma brincadeira, num tom de comédia, quase cínico; parecia que dissimulávamos cenas de filmes, como os personagens em *The Dreamers* de Bertolucci.

Ao fim do banho, ela abrirá as cortinas do quarto. Lá fora, faz calor, faz sol; deve ser meio-dia. Ela diz: "vamos à praia?", e por mais que eu quisesse ir e passar o dia todo com ela (e talvez até outra noite — e outra manhã), direi: não posso. Mas ela está decidida a ir à praia, e se arruma, veste um biquíni; eu me arrumo para ir embora. Descemos. Na rua, espero o carro vir me buscar, ela espera comigo, e enquanto esperamos, ela tira uma foto minha (depois de pedir permissão), e sei que ela quer se lembrar de mim, deixo que faça para que um dia se lembre, como eu sei que irei lembrar.

Nunca fui à Argentina. Confesso, o país vizinho nunca me interessou. Antes, a viagem a esse destino, ainda que tão próximo, era uma ideia infecunda. Era um lugar que não me convidava a conhecê-lo, e especialmente para mim, por ser brasileiro e negro, até emanava um clima hostil, de perigo. Observo à distância, alheio, o país do qual conheço pouco, ou quase nada. Sei que o Papa é argentino. Que o nosso Babenco um dia foi deles, assim como a Paola Carosella. Conheço a fama do choripán, das empanadas, do preparo da carne vermelha, e da comida do chef Francis Mallmann — que conheci em uma oportunidade. Reconheço a silhueta do país ainda que descolada de sua localização no mapa mundi, e já ouvi falar das belezas da Patagônia, e que Mar del Plata era um bom lugar para se passar as férias. Se cruzasse com o Ricardo Darín na rua certamente o reconheceria, diferente de Lucrécia Martel e Hugo Santiago, que identifico apenas de nome. Sei que o quadro Abaporu, da Tarsila, está em algum museu pela capital Buenos Aires (sei que é Buenos Aires) e que a casa do presidente é rosada. Sei do tango, do vinho, da Mafalda, e da abundância de psicanalistas. E, sendo brasileiro, é impossível não conhecer Maradona e Messi, e a rivalidade entre o Boca Juniors e o River Plate.

Meu conhecimento da história argentina é vago, não passam de alguns eventos, e fatos isolados, sem muito aprofundamento, lidos em algum verbete de livro didático escolar; sei de que lado lutaram na Guerra do Paraguai, contra qual país foi a Guerra das Malvinas, sei que em algum momento houve um extermínio indígena, que existiu ditadura militar, e dos seus desaparecidos, das madres e abuelas, e que os torturadores não tiveram anistia.

Talvez o conhecimento mais vasto que eu tenha sobre o país seja o literário: conheço a importância da revista *Sur*, e os escritos clássicos de Cortázar, Borges, Piglia, Bioy Casares, Manguel, Pauls, Ocampo, Puig; mas na verdade, entre eles, só li mais profundamente, de fato, três desses autores.

E toda a América Latina é essa miragem distante.

Nós, brasileiros, nunca nos sentimos parte do aglomerado latino-americano. Se nos chamam de latinos, negamos. Dizemos: não somos latinos. Por mais que fôssemos contagiados pelo discurso de Caetano Veloso, Darcy Ribeiro, Glauber Rocha, e que eles conseguissem, por um momento, nos fazer acreditar, que sim éramos parte de uma potência cheia de frescor, inventividade e luminosa, a ilusão de pertencimento a essa unidade latino-americana logo se desfazia. Não importa se na cultura habita uma variedade de semelhanças e conexões, e se o passado de um país perpassa e se edifica conjuntamente pela memória de outro, ou, se a distância física entre os países latinos, por terra ou pelo ar, seja de algumas poucas horas. Nós nos sentimos mais próximos dos Estados Unidos e da Europa, do que de qualquer país da América Latina.

Se questionada, a maioria da população irá apontar o idioma espanhol, como o principal fator do distanciamento. É provável que essa dificuldade de comunicação, de linguagem, seja a razão mais óbvia, e que realmente afaste grande parte dos mais desinteressados. E o portunhol fica sendo o máximo de esforço possível, numa tentativa mambembe, para entender e ser entendido.

Mas, entre todas as coisas, o que me parece mais determinante para que não nos reconheçamos no resto da América Latina é a falta de representação do povo negro. Nesses países, vemos a presença do povo indígena e do povo branco; mas não vemos traços do povo negro — nem mesmo miscigenados. Existe uma deturpação da história oficial, como se reescrita, apagada. Apagam-se: o passado escravagista, o genocídio causado pelo desamparo ao povo negro pós-escravidão, e o embranquecimento da população como política pública, algo parecido ao que foi tentado no Brasil, representado no quadro *A redenção de Cam*, mas que nesses países latinos teve êxito. E poucos sobreviveram. Os descendentes desse povo negro, os que sobraram, encontram-se em maior número na Colômbia, Uruguai e Venezuela, mas têm suas existências invisibilizadas; fadados a uma pobreza crônica.

O Haiti, único país latino com a população majoritariamente negra, nos parece um lugar distante daqui; as imagens que nos chegam nos lembram dos países pobres do continente africano, e então nos esquecemos de lembrar que o Haiti faz parte da América Latina — assim como Cuba, que se isolou e foi isolada. Nós nos esquecemos do Haiti e da revolução. Queremos esquecer do Haiti, por racismo, pela pobreza e suas consequências, e então nos esquecemos.

E o Brasil transforma-se em uma nação apartada de todo o continente, isolando-se sentimentalmente de todo o resto.

No meio da madrugada chamo M. para sair. Irei lhe apresentar a meus amigos em uma festa em Madureira. Quando um deles tenta iniciar uma conversa com ela falando em português, eu digo que "ela é latina", como quem diz: ela fala espanhol.

Mais tarde, ainda naquela noite, a sós, ela me diria, com alguma mágoa e desapontamento, que não gostou de ser chamada de latina; e esse assunto retornaria algumas vezes, negativamente: você me chamou de latina.

Quando comentava sobre ela com alguém, dizia seu nome, M., até que com certo vagar e respeitando a pronúncia espanhola, mas logo em seguida (quase sempre) me perguntavam "Quem? O quê?", mesmo se já a conhecessem de outras conversas, ou até mesmo pessoalmente. De alguma forma, seu nome, simplesmente, por ser estrangeiro, e por se tratar de uma pessoa (por suposto) passageira, turista, não era memorável.

Depois de um tempo comecei a pular o desentendimento inicial.

"A argentina", era assim como com os outros que me referia a ela; por sua nacionalidade. E seu nome passaria a ser coisa só minha.

Às vezes, na rua, eu e M. encontrávamos outros falantes de espanhol, e ela involuntariamente tornava-se quase invasiva. De modo que se posicionava num lugar de onde pudesse escutar com atenção a conversa dos outros, somente para distinguir de qual país o outro falante de língua espanhola era originário — como num jogo de caça-palavras. Ela se atentava a uns sinais da linguagem oral, que, para mim, por ignorância, eram inaudíveis e imperceptíveis: uma escolha de palavras, um sotaque, uma gíria.

Se descobrisse alguém da Argentina, era como se encontrasse um vizinho fora dos limites do condomínio, não sabia se puxava conversa ou não.

Não nos entendíamos em nossos próprios idiomas. Eu não falava espanhol, e ela não falava português; seu conhecimento se baseava nas músicas brasileiras que ouvia; disse que até tentou aprender o básico antes da viagem, mas que ao chegar ao Rio se esqueceu de quase tudo. E estávamos iguais na incompreensão, meu conhecimento da língua espanhola era praticamente nenhum, nulo — antes dela, sequer pensava em aprender o idioma.

Se quiséssemos ser entendidos em nossa língua nativa, precisávamos falar tão lentamente que a conversa não acontecia. E, se tentássemos nos ajudar na compreensão, usando palavras mais comuns e genéricas, acabávamos falando menos do que realmente queríamos dizer — e sempre dizíamos muito. Uma tentativa feita nesse esforço provocou cansaço tão grande que, por algumas horas, reduziu nossas conversas ao mínimo necessário; e desistimos de outras tentativas. Era impraticável. Desde que nos encontramos no samba, a dificuldade de comunicação seria suplantada por uma terceira língua: o inglês; ainda que gostássemos e até preferíssemos ouvir um ao outro falar como normalmente falamos no dia a dia, sem o filtro de um terceiro idioma — alheio aos dois.

De vez em quando, soltávamos uma frase ou outra em nossas línguas. E sendo ambos idiomas com origem no latim, as palavras ao ouvido não soavam totalmente estranhas. Contudo, ainda que muito semelhantes, os significados ora se aproximam e ora se separam; por exemplo, entendia o que ela queria dizer ao falar de "vacaciones", ou "enfermedad"; ao mesmo tempo que às vezes fazia confusão, como quando ela me chamou "creído", meu ouvido aportuguesado entendia "querido". E, talvez, quando eu disse "eu te quero" ela deve ter entendido "eu te quiero", que em espanhol significa "eu te amo" — o que nós ainda não havíamos dito (e ao perceber a gafe, repito em inglês "I want you", mas a frase perde todo o tesão, soa falsa, inócua).

Em inglês, tínhamos uma fluência, a conversa era mais dinâmica, mais natural; conseguíamos falar de modo espontâneo.

Não sei exatamente que efeito isso teve em nós; eu me esquecia — ou quase —, que falava outro idioma. Nos nossos últimos dias, quando jantamos em um restaurante, ao fazer o pedido para o garçom, falo primeiro em inglês, só depois me corrijo em português — e isso se repetiria, em momentos distintos. Ela diria que falar o tempo todo em inglês lhe dá uma sensação de irrealidade, e confusão; afinal, ela era uma argentina que estava no Brasil e falava inglês. Notava que ela se expressava com mais dificuldade do que eu — embora não fosse nada discrepante. Em seu modo de falar, ainda restavam maneirismos de linguagem de seu idioma de origem, como se houvesse uma tradução simultânea. Por exemplo, ela dizia "I like that" com a mesma frequência com que talvez diria "Me encanta"; e ao não saber a palavra que queria dizer se amparava de volta em sua língua.

Ficamos nos entendendo em uma linguagem misturada de inglês, com pequenos apoios em português e espanhol, à qual me acostumei; nos acostumamos.

"Quando você fala 'too much' eu escuto 'tomate'".

Não temos tempo. Passamos a nos ver praticamente todos os dias. Uma espera quase sem esperas. Madrugada ou manhã, a hora não importava; se não nos víssemos de noite, nos veríamos de dia — passaria a ser raro as vezes que não nos encontraríamos durante um dia inteiro. Em casa, sozinho, separados, as horas passavam mais rápido, sem que eu notasse, sem tempo, e o dia sumia, e vinha a noite: e talvez um novo encontro — em sua companhia, o tempo durava mais, dilatava-se, talvez porque quisesse me lembrar de tudo, guardar seu menor gesto. Preferia encontrá-la à noite, porque podíamos dormir, como dormíamos, com pernas e braços entrelaçados, num aconchego; e ao acordar, ao ir embora no começo da tarde, estaria pronto para seguir o resto do dia, sem que eu sentisse que esperava reencontrá-la.

Após ela deixar minha casa, por vezes encontrava os vestígios de sua presença pelo meu quarto: uns fios de cabelo, seu cheiro na fronha do travesseiro, alguma guimba de cigarro. Eu dividia sua boca com seus cigarros; enquanto ela fuma, não posso beijá-la; o tempo do cigarro não era o meu. Ela dizia que não fumava tanto, e que fumava menos quando estava comigo, que se esquecia de fumar. E ao lembrar-se dizia: "não fumei hoje", convencida de uma conquista.

Os dias passavam, e era como se cada encontro pudesse ser o último, mas às vezes me esquecia de que um dia ela iria embora. Pouco a pouco, ia me acostumando a sua presença, companhia: éramos cúmplices. Fazíamos tudo com uma desponderada intensidade. Devíamos "não pensar muito", e apenas reagir ao outro. O sexo era feito puramente desses reflexos, uma coreografia da intimidade, íntimo, compartilhado, destituído de imagens da pornografia, sem violência, mas violento.

Mas eu não achei que me apaixonaria. Ela também não. Achávamos que não era possível. Não imaginávamos que esse sentimento pudesse nascer na falta de tempo, ao acaso de um encontro improvável, e ainda tão rapidamente se tornar maior do que deveria ser.

"Não esperava um amor assim", "yo tampoco".

Demorou 24 anos para escutar uma mulher dizer que me ama. Não irei me surpreender ao ouvi-la dizer que me ama. Ela me dirá: te quiero. Dirá que me ama em sua língua, em espanhol. Em nosso terceiro encontro, ela me dirá que me ama. "Se ela disser, eu digo", havia dito a um amigo. Ainda dias antes de nosso terceiro encontro, lhe disse que se ela disser que me ama, eu também digo: eu te amo. E quando eu dissesse que a amava, também diria em minha língua, em português. Ninguém diz 'I love you', nem eu, nem ela, ninguém nunca dirá que ama em inglês.

Nós tivemos medo de dizer essas *tres palabras*. Não sabíamos o que significava amar com data para a separação. O que será desse amor quando estivermos distantes, quando ela voltar para a Argentina? Quando envolve amor, as coisas ficam mais complicadas, a separação ficaria mais complicada, e tínhamos medo.

Ela não era meu primeiro amor, mas foi meu primeiro amor recíproco. Antes, conhecia apenas o desamor, o que podia ter sido e não foi, o quase. Tinha curiosidade de descobrir o que era amar sendo amado de volta. Uma espera de 24 anos. Com ela, pela primeira vez, vivia a experiência de um relacionamento amoroso. Escutá-la dizer que me ama me devolveu uma humanidade; a verdade com a qual me era dita, transmitia a mensagem que "não há nada de errado comigo", uma certeza que havia se apagado em mim.

Tento não ser poético, nem super-romântico. Vivíamos um amor tranquilo, comum, feliz. Em matéria de amor, éramos um casal como os outros, como todo mundo. Entretanto, eu não sabia o que era amar uma mulher estrangeira. Da mesma forma que ela agia quase sem antecedentes, esquecida da vida na Argentina, também desfazia as possibilidades de quaisquer expectativas futuras. Naquele nosso primeiro encontro, ela me incentivaria a procurar uma pessoa por quem eu disse ter me apaixonado no passado depois que ela fosse embora, e, a partir dali, em mim, em nós, todas as frases no futuro deviam inexistir, ou serem abandonadas. Para nós existiria apenas aquele presente: esse seria todo nosso tempo juntos. Desejávamos um amor pleno, mas tão passageiro quanto ela. Foi o acordo que fizemos, veladamente — também não imaginava nada além; ao decidirmos continuar, sem esperanças (e obrigações), escolhíamos viver o presente em total liberdade.

Parecíamos capazes de viver isso.

"Não falo de maneira romântica, apenas foi como aconteceu comigo", ela dirá ao lembrar de nós.

Aceito tudo que é dela. Talvez, por nós sermos estrangeiros, e ao aceitar que éramos estrangeiros um para o outro, também aceitávamos nossas diferenças; havia essa hospitalidade, de mão dupla. Desde aquela manhã em que nos reencontramos, não era preciso fingir nada — essa transparência permaneceria até o último dia. Se a linguagem provocasse algum ruído, ou se uma atitude fosse mal interpretada, o assunto sempre retornava depois, não para concordar, mas para que não houvesse dúvidas; assim como uma mentirinha era desfeita minutos depois. Não tínhamos tempo para incertezas, nem razão para mentir, esconder. Dizíamos tudo. Deveríamos ser tão abertos, quanto a porta do banheiro, e tão generosos como quando dividíssemos pratos em um restaurante caro; ou não valeria a pena, pois teríamos receios, e hesitaríamos ante o medo da indiferença — gastaríamos mais tempo tentando nos descobrir do que propriamente vivendo.

A regra não dita, a ser seguida em comum acordo, era a de que tudo deveria ser vivido intensamente. Viver, os dias que nos restam, o tempo que nos sobra, o que dava para ser vivido.

O esgotamento do tempo era algo quase palpável. Nós sentíamos nosso prazo juntos se esgotando, e tentávamos agarrar o tempo restante, pelo afeto. A única certeza: não havia tempo de sentir medo de viver o instante presente — sabendo que eventualmente nos separaríamos.

A honestidade irrestrita era a sublimação do pouco tempo que nos faltava.

Não me arrependo dos 23 dias que perdi até o reencontro na minha casa. Se não tivesse acontecido da forma que aconteceu poderia mudar tudo. Não posso saber o que mudaria. Mas sei que mudaria tudo. Nós acontecemos como tinha que acontecer, essa história existirá, com o tempo perdido e o faltante.

Passamos dias cantarolando "Chega de Saudade" na mesma calma de João Gilberto, sem nos atinar para a saudade que sentiríamos.

SAU-DA-DE: palavra boa de dizer; ao dizê-la, as vogais enchem a boca, potencializando o significado da emoção, parece algo imenso, eterno. Em inglês, dizem "I miss you". Em espanhol, dizem "Yo te extraño".

Em outros idiomas, a "saudade" está oculta, figurada no ato, na ação de "sentir falta". Eles dizem o Sentir, e não o Sentimento. Mas em português, um não substitui o outro, mesmo que sejam correspondentes, são duas coisas distintas, como morrer e a morte.

A saudade é a expressão do próprio sentimento, do que se sente ao sentir falta; sentimento que só encontra definição na língua portuguesa — palavra que só encontra suas vogais no Brasil.

'Saudade' e 'Saideira' eram duas de suas palavras favoritas do português.

Ela adiou duas vezes seu retorno para a Argentina. Suas amigas retornaram, mas ela ficou (e jamais assumirá que foi por minha causa). Na segunda vez, precisa se mudar do quarto alugado. E consegue achar outra acomodação na mesma rua; a diferença é que, em vez de alugar apenas um quarto, ela resolve alugar uma casa.

Eu não sabia da necessidade de mudança. (M. jamais me pedirá qualquer forma de ajuda para nada; nunca saberei de nenhuma necessidade sua antes que esteja completamente resolvida). Ela me informou quando veio uma noite a minha casa. Diz que o lugar novo era "grande" — grande demais para uma pessoa —, que a arquitetura lembrava um pouco de sua casa na Argentina, e pergunta se eu queria ficar lá até a data de sua partida. Antes de aceitar, me lembro de ter hesitado. No contrato, o valor de aluguel estipulava uma pessoa, então ao aceitar convite estaria clandestino, penetra. Mas a sugestão supera qualquer medo de eventual problema.

Aceito; e abandonarei meus poucos compromissos; ela terá toda minha atenção. ("My baby just cares for me", cantávamos um para o outro.)

Não pensávamos nisso, mas ao "me mudar" para a casa, nós vivenciaríamos uma maquete da vida a dois. Não teria mais idas e vindas, e estaríamos juntos todas as horas do dia, numa convivência ininterrupta.

No dia seguinte, chegando ao novo endereço, descubro que faz esquina com a rua onde eu morava, a Farme de Amoedo. A surpresa pela coincidência provocaria em mim, de imediato, uma sensação de familiaridade. Há uma repetição. Vejo a imagem de um passado: olhava em volta procurando os sinais do tempo, alguma ausência ou acréscimo, uma obra terminada, alguma loja que sumiu — o que se conservou não me saltava nenhum afeto. Vejo-me, ao andar por aquela rua que foi minha, me recordando daqueles anos imprescindíveis em minha formação.

Morei na Zona Sul da cidade durante uns anos. Tive dois endereços, primeiro em Copacabana, e depois em Ipanema. Morava com meu pai. Depois de toda uma vida na

Zona Norte, ele resolveu se mudar após quase morrer ao resistir a um assalto à mão armada; e eu o acompanho.

Na época, internamente, eu também passava por mudanças. Não sabia o que queria fazer da vida, e precisava descobrir, logo. Não pensava em escrever. Ainda não pensava em nada, enquanto fazia tudo que meu pai dizia ser: não fazer nada. Nas tardes, eu caminhava pelas ruas, sem pressa de chegar a destino nenhum. Ia à praia, e calçava as pegadas deixadas na areia; o mar, ao lado, interminável, nas ondas e na vista do horizonte.

Quando andava pelo calçadão de Copacabana, e escutava todos os tipos de idiomas, isso me ampliava a certeza de habitar uma cidade do mundo; de que estava no Brasil, mas não estava isolado aqui — uma sensação de que não me recordo de sentir na Zona Norte. Era como se outras culturas viessem até mim, sem que eu precisasse ir até elas; o que atenuava meu desejo de viajar.

Na maior parte do tempo, vivia praticamente sozinho. Meu pai viajava com frequência, raras vezes ficava em casa, e em casa se trancava no quarto para escrever; não o julgo — acabei filho de meu pai. Meus amigos também não me acompanhavam, nunca me acompanharão. Eu descobria o

Cinema Novo, a Tropicália, os modernistas, o Teatro Oficina, e esquecia de meus amigos, que não se interessavam por nada disso — mesmo que a temática representasse uma juventude anterior, ou de vanguarda, dos anos 60 ou 70 —; não suportavam tal anacronismo: minha nostalgia. Entre eles, eu acabei com fama de difícil e alternativo.

Não tinha com quem conversar. Entretanto, durante esses anos, não me julgava solitário; minha própria companhia era acolhedora, prolífica, "inspirada"; não me importava com o silêncio — ajudava-me na introspecção, a pensar sobre as coisas que descobria; e a literatura começava a se fazer mais presente.
Observava as pessoas vivendo, os turistas, os trabalhadores; sentia-me voyeur da vida zonasulesca. E depois de comprar uma câmera fotográfica, me via ainda mais disposto a ir para rua, sozinho, sem ter uma rota exata, somente para observar a vida a ser vivida. Parado, sentado num banco, ou flanando pelas ruas de dentro, ou pelo caminho da orla. A observação me fazia enxergar os comportamentos humanos de maneira teatral. Para mim, havia uma repetição de hábitos, situações, falas; como

se aquele cenário demandasse formas de atuação específicas; via personagens, roteiros, teatro; e com base no palco da vida, me surgiam inspirações para criação artística.

(Essas andanças me renderam um livro de contos e textos não ficcionais — o primeiro que escrevi: Praieiros, certamente um livro de juventude. Eu o compreendi assim após uma releitura recente: ficam claras a imprudência e as falhas de construção de narrativa, de estilo, de gramática, o excesso de experimentações. Falhas de um jovem escritor, ainda em formação, precoce, aprendiz. Nunca o publiquei em lugar nenhum, e se o tivesse feito hoje o renegaria. Talvez, devesse ter publicado apenas para guardá-lo como souvenir, para lembrar-me da ingenuidade de querer ser autor, de querer ser artista; para lê-lo quando velho e lembrar que um dia fui jovem).

Na companhia de M., refaço o itinerário que fazia sozinho quando morava na Zona Sul. As noites no Bip-Bip, as andanças pelo calçadão de Copacabana, os jantares em restaurantes do entorno, a praia, o Arpoador. E não entendo como vivia tão só, e como havia criado uma solidão tão acolhedora; uma ilha, com o porto aberto somente para a cultura.

Na Zona Sul, não conheci ninguém. Não fiz amizades, nem amores.

Atualmente, retorno a essas memórias de maneira crítica, e percebo o real motivo dessa solidão. Observar era tudo o que me sentia permitido a fazer. Morava lá, transitava, mas não pertencia. Por ter crescido nos subúrbios da Zona Norte, ao me mudar para um dos bairros mais ricos da cidade, me sentia um infiltrado, e, por ser negro na Zona Sul branca, era visto com suspeição; lá, a tensão racial se faz mais constante, permanente, exaustiva; havia sempre um olhar assustado ou surpreso, de todo modo inquisidor: ao me verem, eles, os outros, viam o que imaginavam o que era um negro — eu, meu corpo, minha pele, refletiam seus preconceitos. Minha presença era vista com desconfiança, como se não devesse estar ali, ou não devesse estar ali tão altivo e regular quanto eles. Ia a restaurantes, a abertura de exposições, ou a palestras em que eu era o único negro; eu me via nos garçons, nos seguranças, nos mendigos — houve um período que desejava dar de cara na rua apenas com mendigos brancos (e lembro de achar graça do fato de que mendigo nenhum, nem os brancos, nem os negros, me pediam esmola, ainda que eu tivesse o "não tenho" na ponta da língua; só pediam quando achavam que eu era estrangeiro, gringo).

Nunca houve um caso de racismo explícito. Ninguém nunca me apontou o dedo, ou disse-me algo de cunho racista, ou ofensivo. Também nunca fui abordado pela polícia. (Por que essa negativa parece afirmação de algo? E para quê? O que isso diz sobre mim?). Uma vez, um menino sendo revistado me olhou como quem pedisse ajuda, porém eu também não me via a salvo — porque ele acha que eu poderia ajudá-lo, se para mim aquele menino poderia ser [será] eu mais cedo ou mais tarde? Eu só observei, não fiz nada, não sei exatamente o que deveria fazer, mas sinto que devia ter feito algo. Não tinha medo de sofrer aquilo. Talvez haja somente o medo da vergonha, da humilhação, de ser parado no meio da rua, de ser considerado suspeito; à espera desse trauma, essa sombra, uma *neurose*, que me fazia escolher andar nas ruas vazias, nas mais largas, no caminho com menos gente, ou desviando dos outros (preferia me desviar dos outros antes que eles se desviassem de mim — me antecipava, era eu quem trocava de calçada); escolhia passar despercebido, ficar apartado, não ser visto. Não dei as costas para a sociedade, não havia um movimento em falso, não podia me esquecer de onde estava. Sei que no instante em que cruzo a porta, mesmo que permaneça nos limites do condomínio, estou entrando em território de domínio branco. Apenas tentava não ser afetado, diminuir os olhares, mitigá-los. Eu me negava a entrever naqueles olhos, mesmo por um segundo, a visão que eles imaginavam que eu tinha; me negava a ser o negro dos outros.

No instante em que saio de casa, a chance de eu sofrer uma violência por ser negro, me parece mais real e possível do que a de uma eventual violência urbana, como por exemplo a de um assalto.

Eu me lembro da única vez em que fui roubado: foi na Zona Sul, nesses anos. Foi dentro de um ônibus, linha 539. Eu iria de Copacabana à Gávea. Era noite, o trajeto duraria uns poucos minutos, seria rápido.

Não era muito tarde da noite, estava indo ao teatro ver uma peça. Quando, no meio do caminho, pela porta de trás, sem pagar, sobem duas crianças, dois meninos negros. Um parecia ter 10 anos e o outro era ainda mais novo. Parecem irmãos. Sinto alguma apreensão, mas não quero julgá-los: por que deveria me assustar, ou ficar alerta, com duas crianças que entraram pela porta traseira, por não poderem pagar a tarifa, por estarem desacompanhados dos pais? Não devo, penso. Afinal, o que é um menino negro? Sei que são apenas crianças, vejo que são. Eles sobem, e o mais velho de 10 anos veio direto a mim. O ônibus não estava vazio, havia outras pessoas, mas ele veio até mim primeiro. O menino está com o dedo debaixo da camisa, mas ele diz que está armado, diz engrossando a voz que é para eu lhe passar o celular. Enquanto isso, o outro menino vai até a frente do ônibus e repete o mesmo com as outras pessoas. Eles pareciam brincar de roubar um ônibus. Demorei até entender o que estava acontecendo. Eu não sentia medo, não parecia um roubo de verdade. Eu via uma criança com o dedo indicador debaixo da camisa, me pedindo meu celular: ele pedia para que eu imaginasse que ele estava com uma arma de fogo, e que eu agisse de acordo, como uma criança pediria para brincar junto. Mas as outras pessoas começam a gritar, estão assustadas; uma mulher chora, e parece temer por sua vida; não sei o que elas enxergam ao ver o menino. Ouço o desespero geral e então me levanto. No ônibus, havia só mais um rapaz negro além de mim. Esse outro rapaz me olha "sendo roubado", e quer saber o que eu vou fazer, ele sabe o que eu sei, sabe que são crianças, que se quiséssemos podíamos desfazer aquela cena toda, e tratá-los como quem trata um irmão ou um primo pequeno que não se comportaram. Mas o que fazer? Éramos os únicos que não estavam entrando na brincadeira, todos no ônibus pareciam brincar, menos nós dois. Na hora, ficou muito claro que se nós desfizéssemos esse jogo de cena, o que quer que acontecesse a seguir com essas crianças seria nossa culpa, elas podiam ser espancadas, agredidas, talvez mortas — e seria minha culpa. Devo não fazer nada. Não era responsável pelos outros, eles haviam aceitado a farsa, acreditavam nela desde o início, eles escolheram não ver o menino como um menino. Devo fingir brincar também, meu papel na brincadeira era apenas entregar o celular ao "assaltante" fazendo arminha com a mão debaixo da camisa. E quando o ônibus parou no sinal vermelho, eles forçaram a porta de trás e desceram, e correram por uma rua escura em direção à Praça General Osório. Desço do ônibus também, vou na mesma direção a que eles foram — é hora de desfazer a brincadeira, estou atrasado, não quero mais brincar, foi o que pensei.

Quando eu chego à praça, parece que houve um tumulto, todos olham para uma mesma direção; eu não encontro mais as crianças, e um homem com roupas de academia tem o meu celular na mão. Vou até ele, lhe confirmo que o celular é meu, e pergunto o que aconteceu. Ele disse que deu uma rasteira nas crianças correndo, que viu as crianças correndo e correu atrás porque achou suspeito.

Desde esse dia eu penso nesta imagem e me pergunto: O que é um negro correndo?

Pauso e reflito.

Não posso culpar somente a Zona Sul e o racismo por minha solidão. Afasto o que me afasta, mas ninguém se aproxima e também não me aproximo de ninguém. Tenho uma parcela de culpa, se eu aumentei a distância, se me fiz difícil, e, se apesar de tudo na verdade eu gostava de morar lá (e se pudesse voltaria), se considero que lá passei meus melhores anos.

    Depois de tudo que eu disse, ao leitor pode ser que nada do que direi justifique, mas gostava das ruas com nomes de poetas, do cheiro de mar, do mar, de passar na praia no caminho para comprar pão na padaria. Ou ainda, como por saber-me vizinho de bairro dos meus autores favoritos, achava que furtava para mim um pouco de suas inspirações. Gostava de habitar o cenário das músicas que ouvia, dos filmes que assistia, das histórias que lia nos livros. Havia sobretudo a paisagem. A paisagem é inocente e bela — por ela que eu era carregado para fora de casa. É verdade que a rua tinha seus contratempos, essa tensão permanente, um permanente desassossego, mas era o incômodo que me arrancava de minha inércia natural, de minha inação, da monotonia; estar na rua era de algum modo estar em atividade social, política, intelectual. Lá, para mim, os dilemas da sociedade brasileira se desenhavam com clareza; o que me revoltava, tornara-me engajado.

Entendo que para alguns, talvez muitos, toda essa experiência pode parecer extenuante, e desnecessária. Realmente, pode ser que não valha a pena, que seja sim desnecessária, que invento motivos para defender minha preferência, (que escondo motivos socioeconômicos,) mas acredito que ser negro na Zona Sul não é muito diferente de ser negro em qualquer outro lugar; fica sendo só um pouco mais cansativo, descarado — e se o "embate" é esperado e óbvio, o mal-estar é menos potente — até que a soma cotidiana pese fundo: em certo sentido, a ignorância deles sobre mim me garantia algum domínio sobre eles.

Não pertenço a lá, nem cá. Preciso do Rio para escrever, mas sinto que não pertenço a lugar nenhum; sei que fabriquei e fabrico parte considerável de minha solidão. Se nas palavras de minha mãe, eu, desde bebê, desde sempre, parecia querer "voltar para o útero". Se vejo reflexos disso até nas profissões que cogitarei seguir durante a vida, que induziam ao mínimo de interação com pessoas, e a princípio não me colocavam no foco; me escondo atrás da câmera, da caneta, ou na cozinha. A timidez é minha, o silêncio é meu; como são minhas a inadequação e a rigidez. Sempre me distancio dos outros. Nunca gostei de chamar atenção para mim. Ia a debates, mas não pedia a palavra, mesmo se tivesse algo a dizer, num ambiente em que os outros se mostravam abertos a ouvir. Sou calado, quieto; faço-me discreto. Ando devagar, naturalmente. Não ando depressa, não corro. Eu jamais correrei na Zona Sul; mesmo se sentir vontade de correr na ciclovia, junto ao mar, como as outras pessoas que se exercitam; nunca me sentirei confortável, e corria somente na esteira da academia... mas também não correria nas ruas de nenhum lugar da cidade, ou de nenhum lugar de lugar nenhum.

Observava os outros com alguma inveja. Não conseguia agir daquele modo, irrefletido e atuante: tornar-me personagem, agir por impulso, espontaneamente, baseado apenas em minha própria vontade; ceder à moda, às gírias do momento, à cultura pop; ceder ao coro uníssono que não se envergonha em deixar-se influenciar tão facilmente, e viver apesar do que os outros irão pensar. Talvez, a fotografia fosse a forma que eu encontrei para me colocar na paisagem, sem me expor, invisível. Por detrás da câmera, faço-me oculto e presente. Pelo mero registro da imagem, provo minha existência; e isso me era o suficiente — ou, era até onde iria minha timidez.

Como distinguir os efeitos do racismo e os da minha personalidade? Não posso. Também não posso tomar por sintoma aquilo que é meu, se há muito tempo esse desconforto e essa impermanência me acompanham; embora saiba que ambas as coisas se alimentam entre si, que se fortalecem, e coabitam em mim, sem divisão.

Minha casa é o único lugar onde existo plenamente, sem precisar fazer concessões, ou, me adaptar. Em casa sou apenas um homem comum, que às vezes é negro, e que às vezes é brasileiro — pode ser que nem homem eu seja sempre em minha casa. Hoje divido apartamento com um amigo, mas nessa minha casa não há ninguém, apenas eu. Passo muito tempo em casa, sozinho, pensando; e não conheço ninguém que possa convidar para entrar. O que é preciso? Não saberia dizer. *Ela* entrou em sua casa? Sim, entrou. Minha casa é um lugar que inventei, é onde eu me esqueço de mim.

Naquela manhã do reencontro, ao convidar M. para minha casa, sem me dar conta, reproduzo o preconceito que me imputavam. (Durante aqueles anos, nas vezes em que tentei conhecer alguém pela internet, a maioria das conversas acabava logo no início, na segunda pergunta, quando dizia onde morava: "moro na Zona Sul", e em seguida, me perguntavam se era no Vidigal, Cantagalo, ou Rocinha, as três favelas das redondezas). Dentro do convite, acrescentei que morava em "um bairro normal", e ela respondeu: "I don't care".

Jamais me perguntei se ela sentia medo de viajar sozinha, sendo mulher. Essa pergunta me surge agora, de improviso. Será que teve medo de mim, quando veio até minha casa, quando eu era um completo estranho? No dia, ela hesitou, mas não pareceu temer. Foi cuidadosa — na medida do possível, do desejo. Penso sobre as circunstâncias daquele encontro e a repreendo mentalmente (escrevo essa última linha e acabo rindo, achando graça desse pensamento, desse meu lado patético). Disse-me que quase não veio, que veio num impulso, por estar de férias, por querer "take a risk more often".

Hesito. Resisti — até aqui. Mas, confesso que às vezes me pergunto se existiria algo entre nós se não fôssemos estrangeiros.
    Há uma crueldade nessa pergunta. Mas devo me perguntar tudo. A escrita de um livro como este me induz a fazer certas perguntas que normalmente não faria, e também me obriga a encontrar uma resposta adequada. Devo tentar responder. Devo cumprir meu dever com a escrita, por mais que às vezes seja doloroso, e cruel — com quem se ama, e comigo mesmo.
    Sua condição de turista, de estrangeira, revelou-se significativa quando precisei entender por que havia aceitado revê-la — levando em conta meu histórico de nunca aceitar rever ninguém. E, de súbito, tornou-se imprescindível; nas páginas seguintes já escrevo completamente consciente de como esse seu status influenciou todo o curso de nossa relação, nossos impulsos,

o modo como nos comportávamos. Antes, jamais havia pensado em nada disso. Anteriormente, me parecia que a única consequência era a intensidade na qual vivíamos, como reflexo dela precisar ir embora, da falta de tempo, da certeza da separação apesar da certeza do amor. E isso era tudo; o restante se enunciou somente no ato da escrita.

Agora, depois de tudo, posso tentar entendê-la — não me interessa saber seus motivos, mas por qual impulso ela reagia. Começo a observá-la sabendo que não posso compreender como (ou, se) estar no Rio lhe afetou intimamente, porque não a conhecia antes, não há precedentes; posso apenas refletir sobre sua condição de estrangeira aqui no Brasil.

Aqui, ela não conhece ninguém. Diferente de mim, anda pelas ruas sem a esperança de encontrar um conhecido, e os lugares por onde passa tampouco lhe trazem a memória de algum passado — a não ser o imediato, de ontem, de dias atrás. Cotidianamente, precisa inventar novos hábitos, outra rotina (que se renovará a cada dia, talvez); ela será forçada a comer a comida local e a se acostumar com outro idioma. Por estar de férias em país estrangeiro, ela acordará (quase sempre) disposta a se aventurar, e descobrir o que fazer com todo seu tempo, posto que não pode fazer o que normalmente faria; se quisesse, poderia passar o dia olhando o mar, em silêncio; se quisesse, não precisaria lidar com nada, nem ninguém, nem daqui ou da Argentina.

No Brasil, ela está livre de sua vida; tem a liberdade de não ser ninguém — de ser quem quiser. Sua mente está, onde está seu corpo: distante, em outro país. Um dia a viagem irá terminar, e ela voltará para sua vida na Argentina, voltará a se comportar como normalmente se comporta. Mas enquanto viaja ainda é outra: é uma viajante.

Não havia nada que a identificasse como argentina. Nada, a não ser um espaço reservado na mala para a cuia e a *bombilla* de erva-mate — porém nem mesmo cheguei a vê-la usando o artefato. Mas, para além disso, não reconheço nenhuma outra qualidade que sobressaia de uma identidade argentina. Não é como se ela fosse uma pessoa expatriada, mas sim desgarrada, livre — não consigo imaginá-la sem essa sua liberdade, desconfio que seja dela de nascença (e não por estar estrangeira). Ela se vestia como uma pessoa urbana comum — imagino que por causa de sua profissão de figurinista entenda o ato de vestir-se e as roupas de maneira diferente, e exista um cansaço. Outra coisa que a ajudava a se camuflar era seu gosto musical, ela ouvia músicas do mundo todo, e disse-me que gostava de sair para dançar música eletrônica (uma música sem idioma, logo, sem país específico).

Depois que suas amigas vão embora, e ela escolhe ficar, quase não fala nem ouve espanhol; e, a sós, em minha companhia, ela tampouco falará sua língua: nossos idiomas eram suprimidos pelo inglês — e se passamos a maior parte do tempo juntos, ela quase nunca falará seu idioma; minha companhia apaga ainda mais traços de sua nacionalidade.

Da Argentina, ela fala sobre o que havia deixado lá: o trabalho, a família, os amigos; mas silencia sobre o estado de coisas do país, do governo, da inflação, como se lá fosse apenas um lugar-base, enquanto espera, para poder tomar impulso para alcançar sua próxima viagem. Todavia, ela também nunca falou com desdém, ou desafeição, de seu país de origem — mas desconheço se, tirando os vínculos sentimentais e financeiros, ela escolheria permanecer lá por toda a vida.

Penso agora que, encontrá-la "viajando", (e fugindo da temporada de frio), seja a maior característica de sua identidade argentina; ao nascer em um país acantonado ao sul de um continente, há quem sinta a necessidade de transpor as limitações de fronteira, que sinta vontade de ver o mundo, de viajar.

Mesmo que não haja sinais óbvios, ela é argentina. Mas defini-la por isso é falhar. É não dizer nada. Talvez fosse isso que me incomodava mais quando a chamavam de "argentina". Era atestado de indiferença, de desinteresse. A definiam por sua menor qualidade, o que menos dizia sobre ela.

Também me parece injusto chamá-la de turista. Não a imagino visitando o Cristo Redentor, ou andando no bondinho do Pão de Açúcar — embora seja muito provável que ela tenha ido a esses lugares. Mas, em nosso reencontro, depois de 23 dias, quando realmente nos conhecemos, ela já viu tudo — e mais um pouco; estar no Rio não é mais um acontecimento, mas somente o lugar em que ela está.

A permanência prolongada aqui lhe acostuma o olhar à paisagem carioca e reivindica outra maneira de se comportar. Quando a conheço, já está integrada à vida do bairro onde se hospeda, conhece um pouco a geografia da cidade, tem preferências e hábitos, sabe os caminhos — pelo quais deixava-me guiar.

Ela gostava de viver a experiência de uma residente, de se misturar à multidão local; na maioria das vezes conseguia passar despercebida como estrangeira, gostava do anonimato. Dizia "obrigada", "uma cerveja", "bom dia" e "quanto custa?" sem nenhum sotaque. E quando tentava falar algo mais em português, apenas aparentava ser uma pessoa confusa, ou indecisa — antes de se denunciar, dizendo em espanhol o que queria dizer e não pode.

Pauso. Por um breve momento, volto a me observar na cidade.

Comumente, me acontece a ação inversa: calado, sou visto como estrangeiro — sou francês, londrino, estadunidense, angolano, e quase nunca brasileiro. Não saberia dizer quais características minhas, ao olhar do outro, me arranca da nacionalidade. Por que emano esse estrangeirismo? Será a forma com que me visto, ou o modo que eu ando, ou a tonalidade de minha pele? As três alternativas combinadas? Ou nenhuma? Ou outra que não consigo enxergar? Realmente não sei.

Alguém nos dirá: achei que você fosse o estrangeiro e ela, a brasileira. Sermos reconhecidos como um casal não mudava em nada a forma com que os outros nos enxergavam. Não formávamos uma unidade, juntos, continuamos dissemelhantes — dentro do "nós", era cada um de si.

Fim da pausa.

Para o fim dos parênteses.

Arremato a escrita antes de transformá-la em um personagem; sinto que essa observação contínua a deforma; em algum nível a idealizo. Todavia, o que tento dizer é que parece que ela quando está na Argentina pensa em viajar, e quando está viajando sabe e é lembrada que não está em seu país, que não pertence — apesar de seu esforço de ser assimilada; e embora até conseguisse se camuflar, sua língua e seu passaporte para sempre denunciarão seu não pertencimento.

Faço-me a pergunta, sem poder respondê-la — sem querer respondê-la tampouco. Tudo já aconteceu, essa história já aconteceu. Somos estrangeiros; e talvez o maior acaso tenha se dado no encontro de duas fantasias em comum.

A memória sobre nossa primeira conversa, cujos assuntos e palavras haviam me escapado, retornam à medida que escrevo, motivada por um interesse de recuperar todos os detalhes, até os que eu acreditava que estavam destinados ao esquecimento.

Conversamos sobre o dia em que nos conhecemos, ela me disse que eu havia chamado sua atenção, antes de ir falar com ela, pelo modo como me vestia, que eu tinha um estilo diferente, e achou graça por eu usar meia calçando sandália. "Você parecia norte-americano". A conversa sobre roupa nos levou a debater sobre como a moda influencia a aparência das pessoas, e como a personalidade de cada um era ofuscada pela necessidade de aceitação dentro de uma "sociedade da fama" [termo inventado na hora], onde a busca por ascensão e destaque era pelo artifício da semelhança. O assunto evoluiu até chegarmos a um questionamento sobre a existência ou não da alma humana, se existia algo que nos fazia únicos. Eu disse que "...em algum lugar do mundo existe alguém exatamente igual a mim e a você", no que ela respondeu: "sim, mas acredito que bem no fundo somos únicos". E achei melhor desconversar quando a morte começou a se desenhar como próximo tema: não era uma conversa apropriada para o momento — ou, talvez, fosse.

P.S. — Eu poderia ter voltado ao começo do livro e editado o texto, podia ter reescrito o parágrafo, posicionar a lembrança de modo que os leitores nunca soubessem que houve um esquecimento. Mas deixar como está me parece mais verdadeiro.

P.P.S. — Relendo o texto descobri um erro no relato daquela manhã, um erro de carpintaria; escrevo que o quarto era "azul", mas meu quarto tem armários e paredes brancas, uma cortina cinza, chão e porta amadeirados, nada de empírico ressoa à coloração descrita; apesar disso, não acho que a palavra 'errada' necessite de correção, deixo-a e me sinto um pouco romancista.

Diferente de quando falava comigo em espanhol, ao telefone, com amigos e família, ela falava rápido, ligeiro. Uma vez, passando na sala durante uma ligação, entendi um trecho do que ela havia dito a amiga: "con mi novio en luna de miel", e ao perceber-se descoberta, sorri e se enrubesce. (Me levaria semanas para aprender que novio, traduz-se por "namorado" e não "noivo").

Nas vezes em que precisei, também lhe apresentei como namorada. Mesmo que houvesse um riso zombeteiro no canto da boca, uma brincadeira no modo de dizer, dizia que ela era minha namorada. A palavra "namorada" servia apenas para explicar aos outros. Dizer outra coisa, talvez, lhes faria pensar que existia um acanhamento, uma vergonha, de nos assumirmos.

Fora isso, entre nós não existiam rótulos, não havia a necessidade de classificar o que vivíamos. Estávamos juntos, e pronto.

Deitado na cama, peço a M. que me dê um chupão no pescoço.

Desconhecia o que verdadeiramente queria ao fazer o pedido. Naquele momento, para mim, era um pedido simples, do desejo repentino, que surgiu, do nada. Ao pedir, me senti meio bobo e juvenil. O desejo me veio enquanto estava deitado na cama e me encontrei no reflexo do espelho: vejo meu pescoço se arqueando para observar M. pentear o cabelo (às vezes me pegava assim, olhando-a concentrada em sua intimidade). Por curiosidade, queria saber como era receber um chupão de alguém, queria sentir o movimento da boca na pele do pescoço, saber qual era exatamente a função dos lábios, da língua, dos dentes; pedia-lhe por uma experiência que nunca tive.

Mais novo, ainda na escola, reparava que alguns colegas às vezes carregavam essa marca roxa no pescoço. O chupão — feito de forma escondida e íntima — era para ser visto, acredito. A marca gerava dúvidas quanto à perda da virgindade da pessoa marcada — quem estava de fora só podia ficar imaginando o que poderia ter acontecido longe dos olhos. Em outros casos, a marca também tinha caráter de posse, e servia para declarar que alguém esteve com alguém intimamente há pouco tempo. "Não deixa essas meninas te marcarem", lembro de ouvir a parente de um amigo dizer ao vê-lo com o pescoço todo roxo.

Eu sempre entendi que quem carregava aquela marca no pescoço, um chupão, era alguém desejado, amado.

Na época do colégio, quando me interessava por alguém, conseguia no máximo alcançar o posto de amigo confidente. (Esses anos de formação foram um período em que eu era chamado de feio diariamente, na zoação, me cumprimentavam como se "feio" fosse meu primeiro nome. E com o tempo acostuma-se, leva-se na brincadeira, até o dia em que se duvida que seja verdade. Não importa se em casa, em família, e nos lugares que frequenta com os pais, sempre te recebam com muito carinho e exaltação, e que os mais velhos sempre te elogiem, dizendo como é bonito, lindo, "um rapaz elegante". A opinião deles não conta. Achamos que não conta porque os mais velhos são sempre educados, amorosos, elogiam porque nos viram crescer, porque têm que dizer ou não seriam mais velhos, como se a gentileza com os mais novos fosse uma obrigação para aqueles que já são crescidos). E somente anos mais tarde, viria a descobrir que a maioria dos meninos negros com a pele mais escura também não namorou nesse período da escola — como se nós fôssemos um gosto adquirido com o tempo.

Quando M. me pergunta por quanto tempo durou minha relação mais duradoura, eu minto. Digo: três meses. Sua pergunta presume que eu teria namorado em algum momento de minha vida, o que nunca havia acontecido. Eu minto porque imaginei o que significaria para ela, uma pessoa de minha idade nunca ter namorado. Por ela ser estrangeira, chegaria a uma conclusão que diria apenas sobre minha personalidade, sem qualquer fator sociocultural — e eu não queria explicar nada a ela.

Minto sobre ter namorado como mentia quando era criança e me perguntavam sobre meu primeiro beijo — e quando realmente aconteceu, ocultei a verdade, para que a mentira não fosse descoberta, mas acabei também ocultando de mim mesmo; tantas vezes menti sobre isso, que a verdade se perdeu; perdi essa memória comum a qualquer pessoa.

Na adolescência, quando todos parecem enfermos com doença da paixonite, também eu adoeci. Há um momento em que tudo que eu mais queria era viver um amor, mas não chegava, não chegará; nem os olhares nem as palavras de amor eram direcionadas a mim. Mas ouviria algumas vezes: "eu não fico com negros", de meninas brancas e meninas negras. Não terei o que dizer quando me perguntavam "e as namoradinhas?", por mais que me esforçasse para mudar isso. Quando me apaixonei por alguém, escrevi uns pequenos poemas, e lhe entreguei junto com bombons Serenata de Amor. Porém, o que acreditei ser infalível, não surtiu efeito nenhum — a não ser o riso. Eu fui romântico até ir deixando de ser; logo compreenderia que as coisas que aprendi nas histórias da Disney não eram para pessoas como eu. (Mas continuaria procurando nos filmes de comédia romântica e nas músicas do Djavan, me aproximar do amor que eu não tinha e queria ter.)

Na mesma época, com o fácil acesso à internet e a meu próprio corpo, descobriria a masturbação como solução para a não-vida amorosa. A pornografia entrou em minha vida, da forma que entrava na dos outros. À medida que cresço, começam a me encaixar dentro de um estereótipo de homem negro, sexualizado, exótico, e passo a ser olhado com algum desejo, mas o medo — se é que posso chamá-lo assim — era maior (e até hoje o olhar de desejo e 'medo' me parecem semelhantes). Embora virgem, era a *Sex Machine* cantada por James Brown e nos funks cariocas. Por anos, aceitaria encenar o papel do personagem que me forçam a representar, que era melhor aceito. Até me cansar, finalmente.

A meninice passou, a adolescência passou, a escola passou; e toda uma 'tradição' da qual eu não fiz parte.

O chupão no pescoço representava a mesma tradição adolescente que o beijo escondido no cinema, da vergonha de ser pego de surpresa pelos pais no quarto com alguém, de ser escolhido para o beijo na brincadeira da salada mista, da mudança de status no perfil do Facebook de "solteiro" para "namorando"; experiências que eu acreditava ter aceitado que não viveria, que eu acreditava ser uma questão esquecida e superada, voltaram naquela noite. Só depois percebi que pedia para que ela preenchesse aquele velho vazio.

Lembro que M. não estranhou quando fiz o pedido, nem mesmo me perguntou a motivação daquilo; somente veio e abocanhou meu pescoço, com força, animada. Na hora, nem eu, nem ela, achamos que a marca apareceria, em razão de minha pele escura. Ela termina e dá um gritinho de susto. Quando me olho no espelho, estava lá o hematoma roxo no pescoço; ao ver aquela marquinha, não penso exatamente em nada, só acho um pouco de graça.

Ela, arrependida de ter aplicado tanta força, me entrega o pente de cabelo, e me diz para esfregar sobre a marca que desa-

pareceria. Diz para eu fazer com força —
em poucos minutos, nós sairíamos; mas na
realidade não me importava se vissem ou
não aquele chupão em meu pescoço.

[Será que não me perdoei por ter me esquecido de meu primeiro beijo, e agora não me permito esquecer dessa história?]

Escrevo sobre um amor que não me exigiu nada, que me foi leve, que nasceu de modo espontâneo, ao acaso. A escrita quer capturar essa experiência, enquanto ainda sinto essa paixão como se fosse ontem, como se ainda fosse; antes que eu me esqueça, antes que o sentimento desvaneça, e as palavras se percam, e precise inventá-las.

Na velhice, ou mesmo daqui a uns anos, quando essa história envelhecer, e não houver mais saudade, pode ser que leia essas páginas e me envergonhe, pode ser que não me sinta da mesma forma, mas para sempre terei guardada a lembrança de como me senti nessa primeira vez.

Percebo: escrever sobre um amor também me faz reviver desamores, um passado; querendo ou não, faz-se necessário narrá-los; se tento ocultar um fato, nas páginas seguintes essa ausência aparece como confusão, ou despropósito.

Não escrevo esse texto como escritor, mas sei que escrevo um livro — que na melhor das hipóteses terá um público. Sim, imagino um possível leitor ou leitora, você. Entretanto, não pretendo convencer você de nada — e me policio para não parecer um convencido. Tento apenas romper com um silêncio pessoal, e retorno a temas do amor enquanto homem negro: essa é a voz que narra — ao escolher me desfazer da máscara de um personagem, da ficção, restou apenas meu rosto, minha voz.

Quando procuro alguma leitura sobre o tema, com esse narrador em primeira pessoa, não encontro praticamente nada, nem mesmo em registro ficcional. O que encontrei é um olhar de fora; alguém que observa esse sujeito negro, que não fala, e é visto como oblíquo, ou de modo imoderado; que consideram misterioso.

E a representação piora, ao procurar sobre o relacionamento amoroso entre pessoas negras e brancas; neste assunto, há material vasto, mas não me vejo representado — não posso concordar com tudo que esses escritos apresentam, embora saiba que neles há alguma verdade inevitável. Na leitura, os textos me parecem, no mínimo, imprudentes, generalizantes, ou então "desatualizados" (e não quero com isso dizer que acredito em democracia racial).

Ao decidir escrever minha experiência, não antecipei que no meio do caminho talvez entraria em campo minado teórico de discussões sobre miscigenação: terreno acidentado e perigoso.

Não sou ignorante quanto às problemáticas raciais, e justamente esse conhecimento torna minhas palavras hesitantes. Mas foi também por causa dessa consciência que me permiti viver essa história, que pude vivê-la de forma plena, e agora me permito escrevê-la, da mesma forma que vivi, sem medo do que os outros irão pensar.

A questão racial não desempenhava nenhum papel prático dentro de nossa relação. Entre nós, nossa etnia era apenas um fato: ela era uma mulher branca e eu um homem negro; fato que em nada alterava o modo como nos comportávamos — sozinhos ou em público —, nem influenciava na escolha dos lugares a que decidiríamos ir. Conversamos sobre raça e racismo, sobre os negros na Argentina e no Brasil, mas não era um assunto, uma pauta — e não queria que fosse.

Não ignoro a consequência de sua companhia. Na rua, noto que não sou mais visto com tanta suspeição. Por estar acompanhado de uma mulher, e ainda por essa mulher ser branca, já não sou tão suspeito, minha presença já não é tão ameaçadora — mesmo que não completamente —, já não sou visto como potencial para a violência.

Entretanto, não me torno impassível, acompanhado dela meu corpo negro continua a causar estranheza; aos outros, a interracialidade desse casal que formávamos não passava impune; como se nossa relação amorosa fizesse parte de um debate público — no qual nós deveríamos permanecer em silêncio, não opinar.

Quando a sós, me esquecia completamente da tensão racial sugerida no contraste da cor de nossas peles, era somente quando estávamos na rua, e nos olhavam como se não devêssemos ser um casal, ou pelo menos, não devêssemos ser vistos em casal; era somente ao notar esse olhar do outro, que me lembrava de que aquela união podia ser entendida como transgressão, que o casal que formávamos não era totalmente aceito na sociedade, era um tabu; que ao nos ver juntos os outros viam o passado colonial.

Essa rejeição apareceu logo no começo, ainda no samba, quando a beijei pela primeira vez; e outras vezes, como quando na praia, uma ambulante passou e ao constatar que éramos um casal, disse: "olha o negão com uma branquinha", num tom jocoso, como se encontrasse algo obsceno e cômico.

Por ela ser estrangeira, e por ser originária de um país com maioria branca, as nuances do racismo brasileiro não lhe sobrevinham com tanta clareza. E ela tampouco entenderá o que a ambulante verdadeiramente nos disse, nem os olhares, nem o não-dito de outros episódios. Não sei como ela interpretava as consequências de nossa relação; porém, uma vez ela me dirá que alguém, ao nos ver juntos, lhe olhou "enciumada" — no entanto, eu sei que não era ciúme.

Em razão do espírito do tempo, do debate atual, no Brasil e no mundo, em torno de temas anteriormente silenciados, entre eles a miscigenação, penso que nosso relacionamento se tornava suscetível a intromissões — mais explícitas.

Pessoas próximas a mim, mais de uma vez, fizeram-me perguntas tortas, incumbidos de uma militância, tentando arrematar se haveria uma possível indiferença por parte dela. Contudo, essas dúvidas sobre reciprocidade surgiam por eu ser negro e ela branca — pelo passado histórico escravagista, me viam em desvantagem. Eles me colocavam no banco de réu e no de vítima: era culpado por me relacionar com uma mulher branca, e era vítima por acreditar em seu amor.

Devido a essas discussões, uma vez, sem que eu pedisse ou necessitasse de sua 'benção', e para pôr fim ao assunto, um amigo dirá que aceita, acrescentando: "se é isso que você quer para sua vida", disse com o mesmo desprezo, como se eu escolhesse seguir uma vida desonrosa. O que me parecia ser — e era — de uma violência maior do que sofria na rua.

Novamente, vejo-me querendo me defender, como fiz ao escutar a insinuação daquelas perguntas. Há uma irritação. Há quem lerá esse livro somente para ler essa defesa, como se eu tivesse que provar e justificar a relação que vivemos. A tais pessoas, este livro não interessa: parem de ler, ponham-no na estante, ou joguem-no fora, não me importo.
Eu me nego a escrever sobre isso. Posso me negar: é minha afirmação e defesa. Sei que qualquer coisa que eu disser aos outros não terá valor nenhum — se irão ignorar a razão de meus argumentos e questionarão meu subconsciente —, e, assim, minha tentativa de interpretação apenas se fará sádica, e inútil.

De todo modo, recentemente, durante uma madrugada de insônia, me sento no sofá para assistir a um filme; procuro algum na categoria 'romance' que se passa durante uma viagem, ou que no final a separação do casal é inevitável, e acho: I'm thinking about ending things. Em certo momento do filme a personagem analisa o casal de que ela fazia parte. Ela diz: "somos interessantes juntos", e, "as pessoas nos olham quando estamos juntos", e ainda: "não recebo olhares sozinha", e que os outros ao vê-los se perguntariam: "Quem é aquele casal?".

Pauso o filme.

Eu estava tão certo, e calejado, que nos julgavam pela diferença racial, que nunca havia considerado essa outra imagem; que nós também formávamos um casal incomum, interessante. Talvez essa fosse a forma com que ela entendia a atenção extra, penso agora. Não retiro o que disse anteriormente, sim, havia aquele olhar racista, mas volto a nos observar, e quero acreditar nesse outro estranhamento.

Passávamos a maior parte do tempo na rua. Durante minha estadia na casa, não me lembro de ligar a TV, ou de ficar à toa no celular. Logo cedo, eu fazia nosso café da manhã, e saíamos assim que terminávamos, e só voltávamos no final da tarde; e mais tarde, saíamos de novo.

Penso que, por ela ser turista, fazia questão de estar na rua (e eu, de sua companhia), de ver a cidade. "Não quero ficar no quarto". Assim como para qualquer turista, para ela, a casa não representava um lar, mas um entreposto; ela não permanecia muito tempo dentro das quatro paredes do quarto alugado de antes, nem da casa, essas eram apenas habitações, onde ela podia deixar suas coisas [duas malas e uma mochila], tomar banho e descansar para o dia seguinte. A minha presença ali adicionava apenas uma coisa, essas habitações passariam a ser também um lugar para namorar.

Fomos ao Bip-Bip numa quinta-feira. No bar, um senhor levanta um cartaz com a foto de Cristina Kirchner (lá, não é incomum levantarem cartazes de políticos de esquerda no meio da roda de samba, inclusive faz parte do charme), e depois ainda ouvimos um burburinho envolvendo o nome dela, mas que não nos despertou nenhum interesse.

No dia seguinte, ficamos sabendo da tentativa de assassinato da ex-presidenta, o que apenas nos provocou uma sensação de entendimento sobre a cena do dia anterior, sem qualquer espanto com a notícia.

Entre nós, nada era motivo para discussão. Se houvesse algo com que não estivéssemos em comum acordo, ou cedíamos, ou reajustávamos até que a solução agradasse aos dois, sem nenhum pesar quanto à alternativa dispensada. A convivência era permeada por uma sensatez, de inabalável coerência, realmente uma *luna de miel*. Uma única vez essa atmosfera de tranquilidade e alumbramento foi suspensa. Quando voltando para casa, depois de jantar em um restaurante em Ipanema, ela disse: eu sou melhor que você. Não lembro se antes ou depois de um comentário meio rude sobre minha pouca idade.

Em minha memória, esse momento desponta desgarrado do resto da noite, do jantar que tivemos à luz de vela; de modo que sequer saberia retraçar como a conversa descambou naquela rispidez. Suprimi todo esse episódio de desconforto e mágoa ao que na hora me pareceu uma frase solta, leviana, dita na embriaguez de quatro drinks.

Não me recordo de respondê-la, ou de perguntar o significado daquilo. Se alongar no assunto apenas criaria um desentendimento inútil, sem razão; ou coisa pior.

Para além disso, sentia que estimular uma discussão era expressamente inoportuno, depois dela ter feito questão, desde o momento do convite, de pagar a conta do restaurante sozinha — talvez, por saber que eu não poderia pagar. "Fui àquele restaurante com minhas amigas. Quis voltar para ter aquele momento com você".

Eu não tinha muito dinheiro, embora não me considerasse pobre. Era um estudante universitário, de Letras. Meus pais proviam para que fosse apenas um estudante, e não precisasse arrumar trabalho formal fora de minha área — algo que não faria se não fosse estritamente necessário. (Nunca consegui me imaginar em uma rotina de trabalho fixa, engravatada, sem espaço para invenção cotidiana; acreditava que a rigidez das obrigações e das planilhas fariam de refém a espontaneidade e o acaso, que sempre me foram essenciais.) Enquanto M. estava aqui, financeiramente nada contava a meu favor. Para piorar, poucos dias antes de começarmos a nos ver com mais frequência, perdi minha carteira, e tive um prejuízo considerável.

A literatura ainda não me rendia lucro. Para ter meu próprio dinheiro, arrumo dois projetos, dentro do que considerava aceitável, mas não havia nenhum sinal de quando efetivamente receberia — um primeiro adiantamento havia sido gasto de maneira irresponsável (numa euforia juvenil ao receber o primeiro salário da vida).

Ela ter escolhido continuar comigo ao notar minha péssima condição financeira era prova contundente de sua paixão.

Não me incomodava com ela ter mais dinheiro que eu. Jamais. Foi isso até que a permitiu adiar duas vezes sua partida, e alugar a casa: conseguiu que tivéssemos mais tempo. Mas, ao passar dos dias, intimamente, à medida que percebia esse desnível, ia me sobrevindo uma culpa e vergonha por permitir que minha falta de dinheiro fosse limitante para nossa liberdade.

Ademais, quando saíamos, dividíamos as despesas, eu pagava as cervejas, e ela pagava o carro de transporte; e em casa, não deixava que ela tivesse nenhum trabalho extra, nem gastos com comida — eu compensava como podia (e quando não pude mais, precisei pedir a meus pais, que não desconfiaram de nada).

Sempre me espantou a facilidade com que digo "eu te amo", ao notar, em mim, o mínimo de entusiasmo num interesse amoroso, sem nunca ter conseguido verbalizar o mesmo a meus pais.

Meus pais nunca souberam de nada sobre M. Em minha família ninguém sabia nada de nada. Minha irmã desconfiava de algo, sem qualquer certeza. Uma manhã, acordei com uma mensagem dela, me perguntando se estava namorando, mas ignorei, não respondi. No futuro, ela dirá que alguém lhe contou que me viu com alguém numa festa, e essa alguém era branca.
Não sei propriamente qual seria a reação deles ao ineditismo da notícia de que me relacionava com alguém, — e ainda, com uma pessoa branca —, mas também pouco me importava.
Consigo imaginar a possível oposição que minha mãe faria; que, por ser fervorosa militante do movimento negro, desde pequeno me diz: nunca me traga uma nora branca para casa — e pelos motivos da

vida, nunca lhe apresentei ninguém, nem branca, nem preta, nem amarela.

Por nunca ter apresentado ninguém, sinto que para eles, toda minha família, eu levo uma vida amorosa secreta, escondida.

Na família dela, seus irmãos eram os únicos que sabiam de nós; os pais, nunca.

Uma tarde, ao sair do banho, reparo que M. conversa com a mãe ao telefone, que ligou para ter notícias da filha sozinha em país estrangeiro.

Antes mesmo de sair do banheiro, recebo uma mensagem dela: "I'm talking to my mom, don't talk to me"; como quem diz: não faça nenhum barulho. E, silenciosamente, obedeço.

Nós não fazemos planos, apesar de tudo. Tínhamos apenas o presente — e apenas existiríamos naquele agora. Nunca faríamos planos. Quase nunca falávamos do futuro, de um depois; de seu retorno para a Argentina.

Quando o tempo acabasse, tudo acabaria; esse "nós" deixaria de existir. Devíamos continuar vivendo nossas vidas, separadamente, libertos um do outro — sem nos esquecer, mas nos esquecendo. Devíamos esperar um futuro sem certezas.

Ela me dirá que "certezas don't exist". E, de fato, não sabemos como ou em quais condições estaremos quando nos reencontrarmos. Não sabemos quem seremos, ou se continuaremos disponíveis como fomos; podemos nos apaixonar por outras pessoas, e escolher amar essa pessoa somente ou, ainda, podemos apenas não querer mais, não ver mais sentido, e escolher seguir adiante com uma amizade — ou não seguir com nada.

Uma única vez, com uma voz sonhadora, de fábula infantil, nós falamos de um futuro possível: nos imaginamos nos reencontrando em alguma cidade no mundo. Mas em outro arranjamento, em outra conjuntura; no qual os dois estivessem distantes de seus países de origem. Os dois estrangeiros em uma cidade estrangeira. Berlim era essa cidade. Ela quer me mostrar a Berlim que conheceu; me mostrar o que ela dizia ser sua cidade afetiva, seu lugar favorito no mundo.

Não devo esperar nada, e não espero. Não espero porque sabia que era inútil esperar. Devo acreditar na inutilidade de minha espera, ou isso seria tudo que faria da vida; esperaria por muito tempo, até não poder mais, até esperar completamente sozinho. Mas vejo-me retraçando minha rota, para meu caminho se encontrar com o dela, talvez.

Um dia acordamos, e havia, sobre a mesa do jardim interno, uma pipa toda preta, "un volatín", ela disse; e lembro de achar que a tradução para o espanhol furtava toda leveza do objeto voador.

Independentemente dos métodos contraceptivos, uma manhã, quando ela acordou passando mal, com um pouco de cólica, brincamos, [eu brinco mais que ela], que ela gerava nosso primeiro filho, Caetano Borges (nome escolhido em homenagem ao brasileiro Caetano Veloso, e ao argentino Jorge Luís Borges).

A conversa continuou, e já não sei em qual tom. Pergunto se um dia ela quer ter filhos, ela diz que não; respondo que gostaria de ter ao menos um. Pergunto o que ela faria se descobrisse que realmente estava grávida, e ela diz: eu abortaria.

Não ter transado com ela sem camisinha talvez seja meu único arrependimento.

(A escrita deste livro deveria durar algumas semanas, mas se arrasta por meses. Furto-lhes a ilusão de que este livro foi escrito em pouco tempo; não foi, quero que saibam disso. Todos os dias, me sento para escrever; mas nem sempre tenho êxito. Escrever torna tudo mais real, mais delicado; falo de coisas que não sabia poder falar, e de outras que não queria saber dizer. E por alguma angústia, começo a ter pressa em terminar esse livro. Me desespero e quase já não saio de casa, quase não falo com mais ninguém, quase não vivo; eu já quase não faço mais nada além de escrever. Me fecho no quarto onde nos amamos e nada me arranca da solidão na que me coloco para escrever esse livro.

Meu tempo no presente é reviver o passado, relembrar o que me aconteceu, refazer os dias, tudo; reviver tudo de novo e de novo. Em detrimento da escrita, deixo-me raptar, absolutamente. Quanto mais escrevo, mais me sinto apaixonado, porém revivo uma paixão que não existe mais, não há mais sentimento em comum; amo só. Estou preso a minhas memórias. A repetição dos dias deve afetar a forma com que escrevo, talvez se torne aparente nas palavras que se repetem, no ritmo de algumas frases, nos tempos que se alteram. O presente e o passado se misturam no instante em que escrevo, e o futuro não existe; como se eu já vivesse nesse tempo adiante, como se o único futuro fosse a escrita desse livro.

Há outro sentimento estranho, que não estava em mim no começo, no primeiro impulso, que não estava comigo na primeira linha, nem nas páginas seguintes, e que eu não saberia dizer nem quando começou a se enunciar, nem onde primeiro eu percebi sua existência — mas agora percebo, vejo, contorna as palavras, sei que existe, está por todo livro. Quanto mais eu me demoro, me atraso, mais eu tenho esse sentimento. Sinto que se não terminar de escrever, ou mesmo se eu interromper a escrita, poderia enlouquecer, me aproximar perigosamente da loucura, entrar em um estado delirante, e nunca mais sair; ou então ficar refém de terrível depressão — talvez tão profunda que estaria pronto para a morte, pois de algum modo sem a febre que move já estaria morto: e digo isso com alguma tristeza.

A escrita há de absorver tudo — absorverá tudo na medida em que escrevo. Se ela não tivesse ido embora, esse livro não existiria; a escrita não careceria de se ocupar em preencher esse vazio. Essa solidão que ainda se faz presente é a certeza na qual me sustento; é a razão que me faz continuar, ainda.
   A princípio, pensava em escrever para me lembrar. Agora, compreendo que escrevo para esquecer. Talvez, seja essa a verdade de minha escrita, essa luta ambivalente, contra e a favor do esquecimento. Somente quando eu publicar essa história, ela [e todo o resto] se ausentará de mim, de meus pensamentos, de minha memória, e passará a existir somente nas páginas do livro. Preciso do objeto livro, da coisa livro, para depositá-lo na estante entre outras histórias; para guardá-lo e me permitir esquecer.)

   Duas vezes ela disse: nós nunca mais vamos nos ver. Ela me dizia essa frase, acompanhada de uma expressão de súplica "por favor", ou de estímulo "dale", em espanhol; quando eu lhe negava uma informação ou algo que considerava de foro intimíssimo. Ela disse sem o peso que ecoará em mim, de modo leve, meio brincando, meio de verdade.

Durante a convivência, notei que ela era uma pessoa esquecida. Com facilidade, se esquecia até de coisas que haviam acabado de acontecer. Não falo apenas sobre o esquecimento de coisas banais, como recordar de pôr o celular para carregar ou o último lugar onde deixou as chaves, mas de se esquecer de acontecimentos de um dia inteiro — quando um dia inteiro significava muito tempo.

Ela tinha uma memória desvanecente; sua lembrança de momentos, informações, retornava de maneira duvidosa e hesitante; e se surpreendia por eu me lembrar de pormenores de uma conversa corriqueira. "Não me lembrava de ter contado isso".

Eu sempre fui memorioso. Contudo, vivia pela primeira vez essa experiência de amar, do amor, de ser amado; e embora não procurasse dar significado ao que vivia, sabia que devia me esforçar para me lembrar de tudo — e, além disso, ante seu esquecimento, me sentia ainda mais incentivado a lembrar, e lembraria por nós dois.

Botei reparo que quando ela me contava as histórias sobre outras viagens que havia feito no passado, constantemente recorria a fotografias para narrar com maior riqueza de detalhes a experiência que viveu.

Sua pouca memória era amparada pela memória externa do celular.

Eu não gosto de ser fotografado, prefiro estar atrás das câmeras, oculto. Em retratos de família ou em grupo com amigos é sabido de antemão que necessitarei ser coagido ou arrastado até o centro da imagem. Essa indisposição estaria depois aparente em meu semblante neutro, inexpressivo, na "cara de nada" em contraste com os rostos alegres e sorridentes.

Vejo a maioria das fotos que tiramos para postar nas redes sociais como descartáveis; para nada servem: não têm valor estético nem memorialístico. Fora que algumas são praticamente idênticas, quase indiscerníveis (se não vierem acompanhadas de data, ou se não notarmos um detalhe, da roupa, do cabelo): já que na foto, estaríamos nos mesmos lugares, com as mesmas pessoas — às vezes até a posição de pessoas na foto é a mesma, pois essa arrumação se estabelece pela proximidade com quem se tem mais afinidade.

Eu tirei poucas fotos dela. Ela tirou muitas fotos minhas.

Por mais que não gostasse de estar no foco das lentes, queria que se lembrasse de mim, dos dias que passamos juntos, então sem a má vontade habitual deixava-me fotografar. "I made almost like a movie about our story. I recorded so many things". E ainda assim, temos pouquíssimas fotos juntos. Nos registros que fizemos um do outro, as imagens replicam a visão dos olhos — ou só ela aparecia ou só eu aparecia. Uma foto dos dois pressupõe tomada de decisão, alguém deveria dizer: "vamos tirar uma foto" — e se nenhum dos dois gosta de aparecer, seria uma coisa raramente dita. Enquanto as fotos individuais aconteciam mais facilmente, de instantes momentâneos, sem que precisássemos nos preparar, posar, pedir.

Ela resistia a sua imagem; como se não gostasse de ser vista, olhada. Dirá não ter gostado de grande parte das fotos que tirei dela; apontava sempre alguma marca de expressão, que julgava ser um "defeito", e não sei se por excesso de vaidade ou por alguma insegurança. Dificilmente há uma foto dela distraída, espontânea. Seu primeiro gesto ao notar a câmera era esconder o rosto, e só depois cedia, sabendo-se fotografada; ela então encara a câmera, faz careta, e quase nunca sorri; apenas deixava-se fotografar, quando completamente consciente de sua própria imagem.

Como quando estávamos na praia uma tarde, e na barraca a nossa frente havia uma jovem, que por vezes sacava da bolsa uma câmera fotográfica profissional, e fazia fotos da paisagem e dos banhistas. Em uma dessas vezes, enquanto ela fotografava alguém que caminhava à beira-mar, aparecem duas mulheres e perguntam se ela poderia tirar uma foto delas com o Morro Dois Irmãos ao fundo. A jovem aceita; logo depois, aparece um rapaz também lhe pedindo uma foto. Porém, diferente das meninas, o rapaz não sabia exatamente a foto que queria. A jovem então propõe umas poses de modelo fashionista, mas ele não levava jeito para a coisa.

Meio distanciados, nós, eu e M., assistíamos a essas movimentações, e acabamos rindo durante a sessão fotográfica do rapaz, pelas poses mal-ajambradas de galã.

Quando ela termina as fotos com ele, ao nos ver ali, tão sorridentes, nos aponta a câmera. No entanto, num gesto tão puro quanto brusco, M. rapidamente cobre o rosto com as mãos, e diante da desautorização — de uma das partes —, a jovem suspende a câmera, desistindo da foto.

Na hora, secretamente dois pensamentos me cruzaram:

1. que aquela foto, por algum motivo era proibida, porque estávamos num relacionamento clandestino (talvez, esse também tenha sido o pensamento da jovem; foi a única vez que me adveio qualquer insegurança).
2. que ela apenas não gosta de ser fotografada (pensamento mais coerente, como ela já havia demonstrado em outras ocasiões).

Quando ela percebe meu desalento, me pergunta se deveria chamar a jovem de volta para tirar uma foto nossa. E eu direi: o instante passou.

A foto não foi tirada, mas em algum lugar em mim, simpatizei com a ideia de existir uma foto nossa perdida no mundo, com a legenda: casal desconhecido na praia.

A foto não-tirada: Estamos sentados em uma toalha, da qual não me recordo a cor. Temos ainda o sorriso no rosto, parecemos felizes. Por causa do sol, usamos óculos escuros, a armação dos meus é preta e dos dela é azul, e a luz até aquele momento pouco alaranjada do sol incide a nossa direita. Ela usa biquíni vermelho, e tem o cabelo repartido em duas longas tranças. Eu estou sem camisa, e tenho a perna esquerda arqueada, e por isso mal se vê meu short de banho cinza. Ela tem a cabeça recostada em meu ombro direito, e seu braço está enganchado ao meu; estamos de mãos dadas, com dedos entrelaçados — sua pele branca contrasta com minha pele negra, marcando nossa divisão. No recorte da foto não há mais ninguém (por ser um dia útil de semana), somos envoltos apenas pela areia.

Escrevo sem pensar nas consequências. Não escrevo para ela, lhe dedico estas páginas, mas este livro não é uma carta de amor [ainda que ridículo]. Não sei o que é este livro. Às vezes, parece que tudo o que faço é transcrever para o papel, com a mesma honestidade e paixão como a que vivemos. Escrever o livro se escreveu sozinho enquanto vivíamos.

Talvez ela preferisse que a disfarçasse pela ficção, que estivesse completamente desfigurada, irreconhecível. A personagem não teria seu rosto, sua voz, nem sua personalidade; e ela se reconheceria apenas em alguma reminiscência, um segredo (que seria nosso).
    Talvez ela não goste de ser ver representada, não goste que nossa história esteja exposta à opinião de outros, que se torne um livro — um produto.
    Talvez ela verá esse livro como uma traição.

Uma vez, mostrei a ela um par de versos que havia escrito sobre os acontecimentos de nossa penúltima noite juntos; uma noite quando estávamos vulneráveis. Mas, ela não me responde nada — e o silêncio fica sendo a resposta, sua desautorização a minha escrita —, será a única parte de nossa história que não me sentirei permitido a narrar.

Na penúltima noite █████████████████
████████████████████████████████████
████████████████████████████████████
████████████████████████████████████
████████████████████████████████████
████████████████████████████████████
████████████████████████████████████
████████████████████████████████████
████████████████████████████████████
████████████████████████████████████
████████████████████████████████████
████████████████████████████████████
████████████████████████████████████
████████████████████████████████████
████████████████████████████████████
████████████████████████████████████
████████████████████████████████████
████████████████████████████████████
████████████████████████████████████
██████████████████, e era como se não restasse mais nenhum mistério.

["Peça-me qualquer coisa", ela me diz, deitada na cama.]

Na Lapa, ao encontrarmos com um amigo meu, que perguntará sobre nós, sobre nossa relação, ela deixa escapar que tem a sensação de estar "vivendo um filme".

(Ela não disse no sentido que agora me surge, mas, como em um filme, terminaríamos, quando o tempo acabasse; ainda nos amando, num final ainda feliz. Nesse sentido, seu regresso à Argentina devia ser a tela preta que determinava o fim da história. E após o fim, nós, os personagens que fomos na trama, deveríamos entrar em suspensão, sem esperar continuação, sequência, parte dois.)

Por motivo que desconheço, pergunto como os pais dela se conheceram.

"Por cartas". À distância. 1982. Em abril, ou março, ou junho.

Durante a Guerra das Malvinas, a população argentina, em solidariedade e patriotismo, enviava cartas aos soldados que combatiam nas ilhas, e os soldados dividiam as correspondências sem destinatário específico entre eles, aleatoriamente. Foi assim: sua mãe enviou uma carta "a un soldado argentino", qualquer, comum, que um tempo depois viria a se tornar seu pai.

A despedida se aproximava, era coisa palpável, com data: o dia seguinte. E agora, tínhamos a certeza de que o que fizéssemos seria pela última vez. Mas para mim não havia uma contagem regressiva; tento esquecer as horas, os minutos, os segundos, o relógio, o tempo.

No último dia, desde o momento em que acordamos, havia nela algo de diferente; falou menos, estava menos animada. Quando fomos comprar uma mala, reparei que ela olhava a cidade já com olhos saudosos, e seu olhar denunciava alguma melancolia e cansaço. Eu, entretanto, não acho que sofria, nem me sentia triste com sua partida; era uma outra coisa, um sentimento sem nome. Sofrer por antecedência parecia inadequado — porque ela ainda estava aqui. Na verdade, demonstrar qualquer sofrimento por esse motivo parecia capricho ou exagero — porque sabíamos que esse dia chegaria. Mas talvez eu apenas tentasse não tornar a separação mais difícil do que era, e com isso, adiava o drama.

Desde o começo, sabíamos viver um amor com prazo para terminar; nunca outra coisa. Entendíamos o fim de nossa relação como uma fatalidade, como algo que simplesmente aconteceria: nós iríamos nos separar, independente da vontade de um ou de outro. Aquela intensidade surgia dessa certeza. De modo que nunca passou por minha cabeça pedir para que ela ficasse; era uma sugestão tão irreal que sequer era um desejo (e hoje me proíbo de imaginar o que isso poderia ter sido; não sei se é possível limitar a imaginação desta forma, mas, de qualquer modo, não vejo nada — o que não é necessariamente ruim, apenas imprevisível).

Ela está na sala, e eu a assisto arrumar as malas; assisto do quarto; estou sentado na cama, em frente à porta que dá para a sala, onde ela está, onde ela arruma a mala para viajar na manhã seguinte. Às vezes ela interrompia o que estava fazendo somente para vir me dar um beijo, me acarinhar, e logo voltava para a arrumação. Não a ajudo, não faço nada, apenas assisto.

E assisto àquela cena como se aquele fosse seu último ato aqui, como se ao terminar de colocar todos seus pertences dentro das bagagens, ela já estivesse completamente distante, despachada.

Ao fechar a mala, ela olhará em volta, e se perguntará se não está esquecendo nada. Ela me verá ali, esperando, e talvez até quisesse me botar em uma dessas bagagens, e talvez eu até aceitasse me dobrar por inteiro para conseguir fazer a viagem, mas sou muito pesado — ela seria tarifada pela bagagem com excesso de peso, custaria muito — e também, há de se pensar no risco da coisa se extraviar e perder-se.

Depois da arrumação das malas, saímos. Caminhamos por toda orla de Copacabana, até quase chegar ao Leme, à procura de lembrancinhas para seus amigos, mas ela não encontrará nada que lhe agrade; a alternativa será levar café Pilão.

Na última noite, comemos uma pizza, no Ristorante Del Turista ao lado do Bip-Bip; onde teríamos a última conversa, olhos nos olhos. Primeiro, devo ter tentado dissimular o assunto; anteriormente, já tinha sido provado que se eu começasse a formular um pensamento sobre como me sentia poderia começar a chorar no meio da frase.

Ela me pergunta "como será agora" que estava voltando para a Argentina. Me pergunta porque também não sabe; não sabemos mais se não queremos ter um plano — depois de tudo, deixarmo-nos indefinidos, nesse acaso, parecia demasiado radical. E eu digo que seria melhor se nós não nos falássemos mais. Esse afastamento absoluto parecia a decisão mais certa, justa e inofensiva; continuar mudaria tudo. "Nem às vezes?", foi sua única contestação, e concordaríamos em nos falar às vezes.

Pensei que suportaria a saudade, que seria capaz de esquecê-la, que no momento que partisse ela se tornaria uma lembrança, uma fotografia, um passado; pensei que eu conseguiria viver os dias sem que sentisse (tanto) sua ausência. Se não nos falássemos mais, nossa história ficaria para sempre onde parou, inalterável, e para sempre nos amaríamos; e lá no futuro, ainda distanciados, lembraríamos de tudo o que vivemos, com afeto, eternamente.

Terminamos o jantar. De mãos dadas, voltamos caminhando para casa, conversando; não falaríamos mais sobre a despedida, não havia mais nada a se dizer — mas a conversa já era qualquer coisa, como se fugíssemos do silêncio. Não estava tarde; caminhávamos devagar, no chão, a frágil sombra que formávamos; é a última vez que a rua nos verá; e a rua está movimentada, e seus bares estão cheios — de um entusiasmo, para mim, impotente e vulgar. Desta vez, faríamos o caminho mais curto, pelas ruas de dentro, longe do mar. Ela está cansada. Revejo-a, seu rosto está levemente envelhecido, como se parte de sua juventude se amparasse em seu ânimo. Todo cansaço da viagem lhe chega agora, perto do fim. Ela está exausta; mas ainda sorri, contente, num contentamento interior.

Antes, no restaurante, ela me alertara que se eu quisesse poderia deixá-la ali, que não aconteceria mais nada, que de manhã será corrido, "too early", sem tempo. Mas, se fosse embora daquele jeito, antes dela, para sempre pensaria ter perdido algum último detalhe — um "chorinho". Digo que ficarei até amanhã de manhã, que não há problema em acordar cedo. Eu precisava alcançar o fim total: vê-la partir.

Sem desvios, chegamos em casa antes da meia noite; e, a não ser pela mala reservada num canto, os lençóis da cama desarrumados, já não havia mais nosso rastro ali: nada. A casa que por um breve momento pareceu ser nossa — nossa casa —, agora quando chegamos (quando *eu* chego), ao acender as luzes, voltava a ser um lugar vazio, indefinido, como outro qualquer, para qualquer um, alugável; a casa já parecia à margem de receber o próximo hóspede, se desfazendo de nós.

Para acordar cedo, devemos descansar. Não transaríamos mais — o último sexo aconteceu na noite anterior. Não aconteceria mais nada — como ela havia me dito no restaurante. Eu também estou cansado, sou o primeiro a ir deitar. Ela ainda vai separar a roupa que usaria na viagem, e quando termina, apaga todas as luzes da casa e vem se deitar também. Não se vê mais nada. Os olhos não se acostumarão com a penumbra. No quarto escuro, ela me encontrará na cama, pela última vez, encaixará seu corpo ao meu, e, me beijará. Mais nada. O sono chega ao fechar dos olhos, rapidamente, calmo, sem desespero; dormimos.

Lembro que mais cedo, no limiar entre a tarde e o anoitecer, nas últimas horas do último dia, quando nós estávamos na praia, e entardecia, em silêncio esperávamos o pôr do sol. E logo também nos despediríamos; aceitava que essa despedida fizesse parte de nosso ciclo. Em desalinho com a natureza, em 24 horas não voltaria a encontrá-la nem depois, nem tão cedo, nem certamente.

Ao fim daquele dia, na praia de Ipanema, o céu estava bonito, simplesmente bonito; e olhávamos esse céu alaranjado, intenso, meio vermelho, pouco azul, quase violeta. As luzes do Vidigal já haviam se acendido, e não havia mais quase ninguém no mar, ou sentado na faixa de areia. Ventava, fazia um pouco de frio, o vento soprado pelo mar deixaria a praia quase vazia, quase deserta. Nessa memória é tudo imprecisão, é tudo quase.

E então ela diria: "o céu não estava assim nos outros dias, não acha?" O que devo responder, se nosso desejo também se separa, se ela quer acreditar que o sol brilha mais forte, mais intenso em reconhecimento a sua despedida, e eu quero acreditar que aquele era só o fim de mais um dia comum?

É outro dia.

O sol sai do mar, amanhece.

Quando for seis e meia da manhã, o alarme irá tocar. Até lá dormimos, até lá ainda temos tempo, e dormimos, juntos. Durmo profundamente. Quando eu acordar, parecerá que a noite se fez dia, de súbito, de repente. Como se eu fechasse os olhos e então abrisse, e de repente, era manhã, era outro dia.

Era um sábado de manhã quando ela foi embora. Às seis e meia, o alarme toca. "Fim", é o que eu penso ao escutar o alarme, ao abrir os olhos, ao acordar. Acordar era despedir-se, e acordamos. Em poucas horas, ela irá pegar o avião de volta para casa; irá voltar para sua vida, seu gato, seus compromissos; voltar. Para ela, ela voltava. Para mim, ela partia. E ela partia porque não tínhamos mais tempo. Realmente, não havia tempo de mais nada, nem de enrolar um pouco mais na cama, nem de alguma última conversa, nada, acabou: fim. Desde a noite anterior, a mala está arrumada, pronta; a roupa da viagem está separada, pronta; depois de acordar com o sinal do alarme, somente eu não pareço estar pronto.

Nossa despedida não foi nem feliz nem triste, foi simples:

Nos beijamos, brevemente.

Dentro de um abraço, ela disse que me amava e que sentiria minha falta, e eu também.

Ela entra no carro. A porta se fecha. Ela acena por detrás do vidro da janela. O carro anda, e parte em direção ao aeroporto do Galeão.

Eu espero na rua até perder o carro dela de vista, depois ando um pouco pela orla de Ipanema e pego um ônibus para casa. No ônibus, vejo um avião no céu e imagino que deva ser ela — tendo a certeza de que ela ainda não havia sequer chegado ao aeroporto.

Chego em casa, e durmo. Durmo durante o resto do dia inteiro.

Dois dias após seu retorno à Argentina, serei eu quem descumprirá o que ficou prometido, e irei procurá-la. Ela me responderá, de imediato, no mesmo minuto, como se esperasse que eu descobrisse o que ela já sabia. Ou, como se também estivesse à iminência de descumprir o trato.

Quando, semanas mais tarde, lhe contei que não gostei de nossa despedida, porque "tudo aconteceu muito rápido", ela me dirá que: aqueles dias juntos na casa foi toda a nossa despedida.

Ela vai. Eu fico.

A cidade, minha casa, os lugares que frequento, todos os lugares em que estivemos juntos, me lembram dela.

"Não é justo", lhe disse depois de perceber que nada na Argentina suscitaria lembranças relacionadas a mim. Eu sou uma experiência de viagem? Nós somos "um amor de verão", como sua terapeuta ainda irá dizer? As dúvidas... e o duplo risco de se envolver com uma turista. Nós sempre teremos o Rio, mas Buenos Aires é uma dúvida. Sua presença atravessou todas as áreas de minha vivência. Porém, eu continuo completamente descolado de sua vida prática, real. Ela está aqui, mas eu não estou lá; não sou uma realidade, enquanto no Rio ela está em toda parte:

Está no Bip-Bip.

Está em um banco debaixo da sombra de uma árvore no Arpoador.

Está no café da manhã em uma lanchonete em Ipanema.

Está em um bar na Lapa e em outro bar na Gamboa.

Está na Rua Nascimento Silva.

Está em um restaurante chique na Zona Sul.

Está no suco de blueberry, e no drink Fitzgerald.

Está na quadra da Império Serrano em Madureira.

Está na advertência "você brocha" no verso da embalagem de cigarro.

Está na língua espanhola falada pelas ruas da cidade.

Está no olhar de surpresa ao escutar todo mundo aplaudir o sol quando ele se põe no mar.

Está no lento acender das luzes do morro do Vidigal ao anoitecer.

Está na praia à noite.

E no resto, onde ela não está?
Onde ela não está, eu sou livre.

As pessoas me perguntam: "e a Argentina?". Não sabem seu nome, se esqueceram. Por isso dizem "a Argentina", é tudo o que se lembram dela, de sua nacionalidade. Digo: "ela foi embora". Depois perguntam se continuaríamos conversando. Digo que sim, que continuamos. Me perguntam ainda: "como será agora com a distância?" Respondo que não sei. E depois não perguntam mais nada.

"Pelo menos, estamos no mesmo fuso horário", lembro de pensar.

Chamo-a para conversar, pelas horas sei que ela não estaria mais trabalhando, mas está num bar, ocupada, com uns amigos; entre eles, N. e I., ela me apresenta os dois, e diz que estão namorando, fala que ela mora em Barcelona e ele na Argentina. Digo que são modernos. Ela me pergunta se "somos modernos também?" "Sim, eu acho. Um amor cosmopolita."

"Em minha cabeça, eu ainda não cheguei [à Argentina]", ela diz.

Para além de algumas fotos e mensagens trocadas, não possuía nenhum objeto que carregasse a lembrança dela, algo material que pudesse tocar, um souvenir. Percebo que toda história de nosso amor está diluída em uma memória imaterial, que um dia poderia ser esquecida ou apagada; desaparecer.

(Me arrependeria de recusar a oferta de um presente, seu boné preto, depois dela dizer que aquele era seu favorito; mas dou-lhe uma camisa minha de presente).

Mesmo que viver no Rio a todo o momento me lembre dela, a cidade não pode ser um souvenir. Um lugar é um lugar; posso habitá-lo, mas o toque é frio e vazio. Posso ir à praia à noite, mas o mar será outro, a areia será outra, nada será o mesmo de quando estivemos juntos lá, então nada terá valor algum, apenas a memória.

Em um dia frio, ao vestir meu casaco azul — peça de roupa pouco demandada pelo clima quente da cidade —, por acaso, meto a mão em um dos bolsos, e sinto, com a ponta dos dedos, na dobra da costura, uns grãos de areia da praia. E, dos grãos, me recordo da única vez que estive na praia com esse casaco, da vez que ela ainda estava aqui, da vez quando ficamos na praia até o anoitecer.

"Do you miss me menos?"

Umas semanas depois de ela ir embora, começo a fumar diariamente, dois maços por semana. No início ficava zonzo. Não fico mais. Praticamente, do dia para noite, me torno fumante. E ninguém entende nada. Eu também não entendo. Quando ela descobriu, expressou uma chateação: "não gosto disso, não quero que você fume por minha causa"; como se, de alguma forma, ela soubesse que meu ato de começar a fumar fosse "culpa" dela.

(Escrevo todo este livro com o estímulo antigo do café preto, e o novo, do cigarro. O novo hábito, que antes julgava um vício funesto e supérfluo, e no tragar me parecia veneno, agora tem sabor aveludado, e me ajuda a escrever. Ainda não entendo a correlação do tabaco com minha escrita, mas sei que o cigarro me ajuda a escrever este livro.)

Não sinto falta de seu rosto; posso vê-lo. Nem de sua voz; posso ouvi-la — se quisesse podia escutá-la dizer mil vezes que me ama; não quero, assim não quero. Sinto falta apenas do que me é negado pela distância; do que se fazia em companhia, do que surgia ao estarmos juntos.

Chegará o dia em que sentirei falta do que não me lembrarei mais. E não serei tomado pela saudade, mas pela tristeza.

Eu ainda não havia decidido interromper meu primeiro livro de ficção, e escrevia um capítulo, onde o personagem vai ao cinema assistir a Un chant d'amour, o único filme dirigido por Jean Genet, e no fim, faz uma digressão sobre a verdadeira importância do cigarro na prisão, para além do vício. Uma teoria que o personagem já sabe, mas que o escritor ainda não havia descoberto. Após meses de frustração, a resposta me vem durante uma noite enquanto fumava na janela de meu quarto, e desejava alguma coisa da fumaça que saia de mim e subia ao céu nublado; entendi ali que quem está na prisão, fuma para alcançar algo que está fora dela, algo que naquele momento é inalcançável. Como uma oração, seja para a liberdade, a vingança, ou alguém, a fumaça que sai pela boca carrega mensagem invisível, que se soma ao ar, com a esperança que encontre a quem ou ao que se destina.

Aos poucos, a Argentina já não vai me parecendo um lugar tão ruim. A América Latina também já não me parece tão distante. Aos brasileiros, logo, passarei a dizer: somos todos latinos. (E todas as vezes que chamassem os Estados Unidos, somente de "América", eu enfaticamente corrigiria, acrescentando o "do Norte").

Pergunto a conhecidos sobre a Argentina. Pergunto a pessoas que não desconfiariam de meu interesse repentino. Eu sempre achava um meio de encaixar o assunto na conversa. Dizia que estava com vontade de viajar, enrolava um pouco, e mencionava a Argentina — e se desviassem de meu destino para outro país, corrigia a rota falando da atual inflação, que "seria o momento certo". Então as pessoas me narravam as histórias de sua viagem inteira, e eu, sem saber exatamente o que pretendia com aquilo — se uma viagem era ainda imprevista —, escutava tudo atentamente. Todos os negros dizem ter sofrido algum caso de racismo e preconceito, mas a maioria diz querer voltar um dia; de tudo que ouvi só guardo essa informação, e outra, que se leva mais ou menos um dia para chegar a território argentino de carro [o que explica meu súbito desejo de aprender a dirigir e tirar a carteira de motorista — que antes nunca tive].

Na cidade e em minha vida, América Latina não se enunciava; ou, pensava que não. Mas, o que antes passaria batido, agora me salta aos olhos: os peruanos que vendem tecidos em frente à estação de metrô da Carioca, o correspondente internacional Ariel Palácios no Jornal da Globo direto de Buenos Aires, o "Poema sujo" escrito por Ferreira Gullar no exílio na Argentina, o alfajor caríssimo na padaria do bairro, um músico de rua tocando "Besame Mucho" no saxofone, o programa "Sangue Latino" apresentado por Eric Nepomuceno no Canal Brasil. Também percebo que, quando vou ao mercado, permaneço um tempo a mais na seção de vinhos, distinguindo entre as garrafas quais são os argentinos e os chilenos — antes de comprar o mais barato.

Por falta de dinheiro, e por pressa, faço a viagem possível. Do sofá de casa, procuro programas de viagem com a Argentina como destino; vejo na tela as ruas simétricas da capital e percebo que nunca perguntei o endereço dela.

Pela internet, sozinho, tentarei aprender o espanhol básico, para abolir o idioma inglês de nossas conversas. E minha única dificuldade é a semelhança com a língua portuguesa, que me provocaria uma constante sensação de engano, e imprecisão. Mas aprendo alguma coisa, e rapidamente; de modo, que ela dirá: lo tradujiste o sabes español de repente?.

A música exerceria papel no aprendizado da língua, da pronúncia; mas não ouço cantores argentinos. Me interessava principalmente pelos brasileiros cantando em espanhol, como se partilhássemos algo em comum. Do lado de lá, há apenas Mercedes Sosa cantando "Maria, Maria", e "Volver a los 17".

(Quando descubro a história de que o Chico Buarque uma vez tentou fazer uma música em parceria com Astor Piazzolla, mas que não conseguiu letrar a música a tempo, e a parceria foi desfeita a gritos irritados por parte de Piazzolla, sorrio, acho graça, e me entristeço.)

M. me dirá que *La ciénaga* é um retrato de sua família, eu assisto ao filme, mas não alcanço o significado do que ela quis dizer.

Ainda desconhecia a cultura, a memória, os costumes; não sabia as características que fariam de alguém "argentino". Descubro os três volumes de diários do Ricardo Piglia, que sob a ótica de um narrador em primeira pessoa, me guiaria pela cultura do país, a cidade de Buenos Aires, mas se buscasse lê-los demoraria muito. Tomo um atalho, por meio do cinema. Peço a indicação de filmes para conhecidos, e assisto a: *La niña santa, El ciudadano ilustre, La historia oficial, Rojo*; e o país que descubro por esse cinema acaba se revelando um tanto pessimista; uma nação bélica, violenta, presa a dogmas religiosos, com fortes raízes no patriarcado, e da qual todo o passado parece ter início a partir dos tempos de ditadura. Sei que é uma conclusão injusta. Seria como imaginar o Brasil a partir de *Bacurau, Que horas ela volta?, Cidade de Deus*; todavia, não deixa de ser o retrato de um país, mas um retrato dobrado no meio, uma parte de um todo, um país pela metade.

É somente quando descubro filmes que fogem desse passado, como Silvia Prieto e *Medianeras*, que identificaria nuances específicas de uma juventude portenha contemporânea; estão lá as tais contraturas, a fascinação com o estrangeiro, com a Europa, a mulher que viajou o mundo e que às vezes prefere falar outro idioma, a incomunicabilidade geral que faria alguém dizer-se fria.

Ao assistir, tento não buscar traços de sua personalidade nas personagens, tento não reduzi-la a um genérico de mulher argentina, tento não fazer comparações.

Tudo sobre o país ao sul, que nunca me interessou, passa a me interessar. Não via esse meu interesse em buscar me aproximar de aspectos de sua cultura como um grande esforço, ou mesmo "um esforço". Parecia-me o mínimo — achei que conhecendo a Argentina, conheceria parte dela. Não foi por minha causa, mas ela estivera no Brasil, e por isso, pensava que ela sabia mais de mim do que eu sabia dela. Não sei, acho que tentava não ser tão estrangeiro.

["Você acha que ela faria o mesmo por você?", amigos me perguntam ao perceberem que me afundo no novo interesse.]

Nas primeiras noites em que voltei a dormir sozinho, às vezes me deitava no lado da cama no qual ela se deitava, e sentia-me abraçado, ao mesmo tempo em que tinha a consciência de que não estava; como um marinheiro, que ao desembarcar em terra firme, ainda sente internamente em seu corpo o balançar do navio, como se ainda estivesse em alto mar.

Meu corpo se acostumou ao dela, e também sentia falta.

Havia uma enorme preguiça de retornar à vida de solteiro — às ruas, aos bares, às boates —, os lugares em festa não me eram mais tão convidativos. Ia contrariado; eu ia ainda que tomado por desânimo, que só iria se converter, talvez ao fim do primeiro copo de caipirinha, ou do segundo, ou do terceiro — mas às vezes nem mesmo assim.

Nesse começo, me forçava aos caminhos da noite. Devia voltar a me acostumar ao léxico do flerte, a um outro beijo, ao sexo sem amor, à falta de intimidade; em mim, existia um esforço para não demonstrar em nenhuma de minhas atitudes qualquer sintoma em reação a sua partida; tento aparentar normalidade, o que significava me comportar como me comportava antes dela, sem a felicidade que conheci, e disfarço bem; sei que conseguia disfarçar por serem habituais em minha conduta o silêncio e a fala acompanhada da ironia, a "cara de nada", à que todos estão acostumados, insuspeita.

Observava a diversão de meus amigos, sem compartilhá-la. Talvez eu já não estivesse presente. Quase sempre, à certa altura da noite me perguntava: "o que estou fazendo aqui?" (ou, à revelia de mim mesmo: "queria que ela estivesse aqui").

A primeira vez que beijei outra mulher, me sobreveio a sombra de infidelidade, mas essa culpa logo se dissipou; e quanto ao sexo, eu voltaria a me sentir do mesmo jeito de quando perdi a virgindade: frustrado e sujo — de novo, o sentimento de que faltava algo, de que o esforço não valera a pena.

Não a procurava em outras mulheres, não seria justo. Aliás, me interessavam aquelas que não se pareciam em nada com ela. Pretendia assim evitar uma repetição; tinha medo de projetá-la em alguém, e confundir tudo. Entretanto, sei que às vezes vazava um carinho, derramava-se alguma ternura a mais, que não havia nascido ali com elas, era de antes, de outra, dela.

(Nos dias de hoje, não sei se eu apenas seguia minha vida, ou se seguia tim-tim por tim-tim aquele plano de não ter plano; se meus atos se baseavam em meu próprio querer ou se eu assim me comportava por princípio a partir de um pensamento anterior sobre ela; sobre o que ficou combinado, sobre o que eu deveria cumprir, porque ela também estaria cumprindo, e chegava à conclusão lógica de que "ela está vivendo" então eu deveria fazer o mesmo: viver.)

Ela lá em sua casa em Buenos Aires recebe uma amiga para conversar e beber uns vinhos. Amiga que cheguei a conhecer aqui, no Rio de Janeiro, e que me surpreendeu com sua fluência no português. De madrugada, ela me envia dois poemas da Bruna Beber, um por vídeo e outro por foto da página do livro. No vídeo, grava sua amiga recitando o poema "O romantismo", possivelmente, por nele haver o verso "minha saudade"; o outro, entretanto, me espanta: o primeiro verso começa com "Quanto tempo falta pra gente se ver hoje" e termina com "Quanto tempo falta pra gente se ver e nem lembrar que um dia se conheceu". Digo a ela que havia gostado do segundo poema, mas também que "achei tristíssimo". Ela me responde, já sóbria, no dia seguinte pela manhã: "sim, só depois eu percebi que era triste, mas ainda assim é bonito".

Conversávamos frequentemente durante a semana; no começo, por alguma timidez causada pelo seu retorno, somente por meio de mensagem de texto e foto, e só depois, com alguma insistência, por ligação de vídeo. Posso ver na tela seu estúdio, sua lambreta, o interior de sua geladeira, sua cama — seu rosto ao falar comigo. Pude ver tudo o que antes me fora descrito; a imaginação perdia o lugar para a realidade das imagens instantâneas. Eu sentia uma felicidade genuína ao vê-la ao vivo, ainda que não pudesse tocá-la, e que depois essa alegria se esvaísse da mesma forma que veio, rapidamente.

O assunto era sempre nós. Revisar nossa história, a princípio, até que é uma coisa boa e saudável; no entanto, as conversas avançavam sempre a essa mesma direção, parecíamos incapazes de dar continuidade a assuntos atuais, de criar novas vivências, à distância. Estávamos presos a uma repetição, a rememorar sobre: a falta que sentíamos da companhia um do outro, dos beijos, do sexo, dos lugares a que fomos, das músicas que escutávamos juntos, da praia: a saudade, "a saudade", a *saudade*.

Às vezes conseguíamos nos esquecer dos dias que vivemos e conversávamos alguma banalidade do dia a dia, mas o retorno à saudade era inevitável. E a discussão de uma matéria tão irresolúvel (em relação à pressa vigente, carnal), provoca cansaço, uma sensação de estagnação do tempo, sentia-me preso a um passado bom; talvez, ela também se sentisse assim.

Era o que pretendia evitar quando, naquela noite, sugeri que não nos falássemos mais.

"Amor de verão." Não me esqueço da frase de sua psicóloga, do susto que senti ao ouvir aquela nomeação; de repente, uma experiência que me parecia inominável, ganhava um nome. M. me contará que ao falar de nós na primeira sessão de terapia logo após o retorno, sua psicóloga disse: "não me diga que você é o tipo de pessoa que faz um amor de verão durar mais tempo do que deveria". Não tomei simpatia pela psicóloga — ela tomou por mim, depois de descobrir que tentei terminar. Também não gostei da nomeação; é imprecisa — não só porque nossa história se passou no outono. Mas apesar de fazer sentido, de se encaixar ao que vivemos, não parecia correta; era demasiadamente redutora, não só para o que aconteceu, como para o que ainda podia acontecer; nos roubava a existência de um amor itinerante; um futuro; outro recomeço.

Da expressão, ficam as perguntas. O que ela falaria de nós? O que poderia ser dito, ou explicado, se foi um amor comum? E do que já se esqueceu? O que agora é memória só minha? E o que dessa história eu achava que era *nosso*, é na verdade só meu? Ela dirá apenas que "na viagem ao Brasil, acabei me apaixonando por um homem"? [ela me chamará de homem (ou de jovem)?] Talvez, ao falar de nós, ela contará uma história de amor igual a todas as outras; e assim, a terapeuta não estaria tão errada em chegar à conclusão a que chegou. Mas ela também não gostou da nomeação, também a achou redutora. Não sei o que eu signifiquei para ela. Não sei teu segredo, o que se esconde no teu silêncio, no não-dito — como ela não sabe de nada do que escrevi nesse livro, e por isso, ela não deve lê-lo, ou estaremos desiguais. [Não quero e quero que ela leia este livro. Quero e não quero que ela saiba de mim, das coisas que escrevi]. Dela, tenho uma única frase como pista: "eu nunca me comportei assim..."; pista que não tenho meios de seguir até conclusão alguma.

A promessa, o plano e a frustração.

Canso de falar sobre o passado, e decido falar sobre coisas futuras, lhe conto que pretendia ir à Argentina. A viagem feita por ela, agora deve ser feita por mim. "Não sabia se era possível", ela diz. Ao pesquisar os preços de passagem vejo que não era um orçamento impossível. "Me muero", foi sua resposta à promessa que: "provavelmente eu te veja no próximo mês"; e no instante que verbalizei a ideia, percebi que havia cometido um erro. A partir daí, introduzo a espera, ela espera algo de mim, espera que eu vá à Argentina.

Meu plano era simples. Alugaria um quarto e esperaria até poder encontrá-la. Para mim, era como se não houvesse outra coisa para fazer em Buenos Aires, a não ser vê-la: esse era todo meu planejamento; nem mesmo pensei no que faria enquanto esperava ou por quanto tempo ficaria por lá — talvez, até o dinheiro acabar (talvez, por toda a vida). A cidade ainda pouco me interessava, mas em sua ausência, andaria pelas ruas, iria a restaurantes, museus —

sem me conter, secretamente, à pergunta se ela um dia já estivera lá. Mas, somente na ideia de habitarmos, novamente, a mesma cidade existia um alento; pois também o acaso retornaria.

Outra coisa que me interessava era a contraposição entre eu ser o turista e ela estar em sua cidade natal; (é, pela primeira vez, dentro dessa dinâmica de viagem que considerei existir um argumento para um livro).

Mas chega o próximo mês e preciso adiar a ida; e na semana seguinte, outro adiamento. Descubro que o dinheiro que possibilitaria a viagem não vem, nem virá — em tempo. E assim, terrivelmente envergonhado, com meias palavras, lhe conto a péssima notícia. A "ida à Argentina", aos poucos vai deixando de ser um assunto, até que não é mais comentado.

A possibilidade da viagem se torna indefinida: a frustração.

Depois, quase não dizemos mais nada. Não havia o que ser dito. Dizíamos: te extraño. E mais nada, quase mais nada.

Uma noite, em chamada de vídeo (não me lembro quem chamou quem para conversar) a conversa se estendia como não acontecia há tempos. Porém, ela faz uma pausa no assunto, e diz que quer me dizer algo. Quer desfazer uma mentira contada naquele dia em que nos reencontramos, quando ela veio pela primeira vez até minha casa. Quando éramos dois estranhos, e a falta de tempo e a casualidade ainda encobriam qualquer vislumbre de futuro e fazia sentido mentir. Quer me dizer que mentiu sobre sua idade, que era mais velha. Diz que na verdade temos oito anos de diferença.

Há culpa e vergonha na sua voz. Enquanto ela fala, não a interrompo em nenhum momento, apenas escuto. Vejo na tela seu rosto durante a explicação. Jamais a verei tão envergonhada. A mentira lhe dava vergonha, e a sua vergonha era a prova de que era verdade.

No fim, ao desfazê-la, ela disse que "um peso saiu dos ombros".

A mentira não teve nenhum efeito em mim. Ela mentir, teve.

Sua idade não me importava. Esquecia-me da diferença; quando juntos, parecia que tínhamos a mesma idade. Ela me dirá que sentiu necessidade de mentir depois que chamei minha irmã mais velha de "velha".

Mas, também não acredito que a diferença de idade fosse importante para ela.

A mentira naquele primeiro momento faz sentido. Depois não. Depois ela teve várias oportunidades de contar a verdade, mas mentiu mais, e de maneira mais sofisticada; por exemplo, calculando rapidamente a idade que mentiu ter, e diminuindo em equivalência os anos da idade que tinha durante uma viagem tal, tão rapidamente se concluiria que disse a verdade.

Jamais desconfiei de nada, não sei se por ingenuidade, ou se fechei os olhos aos sinais. Quando um amigo me disse que achava ela muito livre para a idade que dizia ter, eu o repreendi, e desconversei. Também não estranhei quando o amigo dela me disse que eu tinha "cara de bebê", nem enxerguei alguma ironia na resposta "eu sou adulta", quando, no restaurante, disse que, por estar ali, me sentia mais adulto. Mas ao descobrir a verdade, essas frases voltavam, e ganhavam outro sentido. Contudo, penso que, talvez, ela quisesse me contar, e que a condição que propiciou sua mentira fosse minha culpa.

O prolongamento da mentira tinha outro motivo, sublimado por uma frase solta dita, superficialmente, durante a explicação. Ela diz: você ainda está começando sua vida.

Talvez, para ela, essa mentira mantivesse toda uma ilusão. Como se a mentira a rejuvenescesse, de uma forma que se permitisse ser jovem outra vez. A juventude inconsequente, boêmia, vacilante, arrivista; com a qual eu 'vivo', vivia — mesmo que bem-aventurada, era, em todos os sentidos, insustentável. Talvez, quisesse acreditar na idade que dizia ter, e por um momento se esquecer de todas as suas responsabilidades, que poderia largar tudo, pois não teria nada, porque estaria *começando a vida* também. Pergunto-me se eu tivesse ido à Argentina, se seria diferente? Se eu tivesse cumprido minha promessa, será que ela se sentiria mais segura em relação a mim? Se eu estivesse lá quando prometi que estaria, ela talvez não sentisse que manter essa relação é perda de tempo, posto que realmente parecia que *nunca mais vamos nos ver?*

A falta de um emprego estável, que nos permitiu passar mais tempo juntos, é a mesma que iria nos separar. A distância, para que tivéssemos mais tempo, exigia-me exatamente o contrário. "Muito cedo foi tarde demais", recordo-me da célebre frase.

Não penso que seja sobre dinheiro, mas sobre a falta de liberdade — em consequência minha falta de dinheiro. Para realizar a viagem, dependia de pagamentos de trabalhos pontuais que, por azar, demorariam até cair na conta do banco; no que, talvez, tenha sido meu primeiro ato de independência, de provar-me, de fazer algo por conta própria, sem a ajuda de ninguém; e ao não conseguir viajar, fiz desse amor casual — prendi-o aqui, a minha impotência. Quando eu descumpri a promessa, deixei tudo mais flagrante.

Eu estava restrito, no máximo, a minha cidade. Estava preso ao Rio, ao Brasil. Era até onde ia minha liberdade, até onde podia alcançar. E ainda assim muito limitado, restrito, lento, capaz de poucas movimentações.

Sentia-me pronto para amar e ser amado, mas não para a vida. Me encontrava acomodado à vida de estudante, em não ter que trabalhar; por um tempo, todo dinheiro que eu tinha era somente aquele que recebia de meus pais. E o dinheiro mal era suficiente para mim — para qualquer coisa fora da rotina faltava. Não tinha nenhuma autonomia, e esperava um emprego como quem espera o ônibus vazio com assento na janela. (Seria meu medo de encontros, a pergunta "o que você faz da vida"?). Não existe nada em meu nome, nada de meu, apenas aquelas dívidas do cartão de crédito perdido numa noite de festança. Quando ela foi embora, eu mesmo já não tinha mais dinheiro para nada; e, por um lado, até me senti aliviado por ela ter ido.

A verdade nos distanciará; se agigantava novamente, os milhares de quilômetros, a distância entre as cidades, as fronteiras entre os países; Com isso, a esperança de uma relação, nós. A partir daí nossas conversas começam a rarear.

(Não sei o que você pensará de mim ao ler esses últimos parágrafos. Perco a simpatia angariada a cada página, ou existo na contradição? Pode ser que julgue, como eu me julgo, sem complacência. Porém, não posso me preocupar no que você irá pensar ao dizer verdades tão minhas, ou não publicaria esse livro, ou não diria nada do que disse, ou não restaria nada sobre nada.

Narro um passado que me envergonha, mas do que eu não posso me arrepender: essa história existe.)

Lembro de uma frase que ela disse logo após sua partida, poucos dias depois de ter retornado para a Argentina. Nós falávamos sobre filmes muito longos, mas a frase faz-se oportuna aqui: Imagine a movie that never ends... it becomes a really bad movie.

No dia de meu aniversário, quase já não trocamos mais mensagens, mas espero por uma mensagem sua. Ela não sabe que é meu aniversário, mas gostaria que soubesse, que adivinhasse, gostaria que ela adivinhasse que era meu aniversário, que envelheço, que fico mais velho. Não gosto de celebrar a data de meu nascimento, desde pequeno nunca gostei. Assim meu único desejo naquele dia era receber os "parabéns" dela; talvez, seja a primeira vez que esperei algo dela. (E entre tudo o que podia esperar, entre todas as esperas, sabia que aquela era a mais inútil, a mais vã, a mais sem razão, e ainda assim esperava.)

Quis que ela soubesse. Ou, então que me mandasse uma mensagem, "pensei em você hoje"; ou, mesmo se não dissesse nada relacionado a mim, encontraria um jeito de dizer: hoje é meu aniversário. E meu desejo estaria intacto, a salvo.

Mas ela não sabe, como eu também não sabia quando ela havia nascido.

Não queria anunciar — como fiz —, como faria à noite, depois dela não dizer nada durante todo dia, eu lhe digo: "hoje é meu aniversário". E sinto algo se perder; uma fantasia se perder.

E silêncio.
Mais silêncio.
Mais de um mês de silêncio.

Vou ao Bip-Bip; era uma quinta-feira, dia de samba.

Descubro que lá, ela está por toda parte; revia as cenas de quando estivemos ali, sua imagem tremeluzia, por vários cantos, esfumaçada.

Parece que vou ao bar, tão somente, para refazer os passos que nós fizemos na penúltima noite, como se algo pudesse nascer disso; um consolo.

Sozinho; fumando, bebendo, sem pensar no amanhã, canto; e quando tudo acaba, saio do bar, cruzo a avenida Atlântica até a praia. Com os pés na areia, olhando o mar, eu decido gravar um vídeo para ela.

O vídeo, gravado na vertical, começa mostrando a praia deserta, a pequena faixa de areia, que reflete as luzes dos postes que margeiam a praia de Copacabana. Mais ao fundo, mostra as ondas quebrarem, sequenciadas; com a escuridão, se torna impossível determinar onde começa a noite e termina o mar, os dois formam uma única imensidão. Não há barulho de trânsito, nem de comércio, nem de transeuntes, nada, há apenas um burburinho contínuo das ondas: é madrugada. A câmera faz um giro, e mostra quem filma a paisagem. Ele mostra-se da cintura para cima. Veste uma camisa preta, sem estampa, e usa óculos de grau, de armação fina. Em sua boca, um cigarro; ele fuma. A brasa, na ponta do cigarro, se alumia quando a câmera está virada para ele, que parece atuar para ela; atuava como se ela não existisse. Depois de um longo trago, a fumaça sai primeiro pelo nariz, e o resto, ele solta pela boca. Por estar de pé, de frente para o mar, na direção contrária à brisa marinha, faz com que a fumaça soprada vá contra seu rosto; a fumaça não o perturba mais. O homem sozinho na praia não olha para a câmera, se esforça para não olhar para ela. Ele tem um rosto duro, inexpressivo, por querer fingir-se sereno, e por isso, revela o contrário. Seus olhos, por trás dos óculos, vidrados, olham somente para a frente, para o mar, para a escuridão. Durante toda a duração do vídeo, 16 segundos, ele não olhará para a câmera.

Não sei exatamente que resposta esperava ao enviar o vídeo; sei que precisava chegar ao fim total novamente. Ela responde, e não a reconheço em sua resposta de gentileza vazia. Talvez, já não saiba falar comigo; talvez, ela também não me reconheça mais, esse eu do vídeo, de aparência mais triste, de olhar perdido em um horizonte que não se vê, esse outro. Ignoro aquela sua resposta, e lhe confesso que não gostava do silêncio, e, consequentemente, da distância, que se criou entre nós, e ela me diz: o tempo passa e... eu acho que é compreensível. Eu respondi que entendia, que sim, que era compreensível, e depois não dissemos mais nada.

Nunca mais dissemos mais nada.

Por quanto tempo durou essa história?

Não saberia responder em tempo de relógio. Eu não poderia dizer com toda a certeza que me pede a pergunta. As datas, os dias, pouco correspondem ao tempo — a esse tempo — que vivemos. Qualquer tentativa de definição soa falsa, ou irreal a nossa realidade. Contei aqueles 23 dias até o reencontro, e depois não conto mais nada — quis me esquecer. Do mesmo modo, que tudo me pareceu durar muito, também me parece que durou pouco, nada, quase nada — e é tudo que tivemos. Todo tempo que tivemos foram insuficientes. Desde o primeiro dia, do primeiro beijo, não tínhamos mais tempo. Antes, pensava ter todo o tempo do mundo, antes dela, sim; não, agora não mais. A liberdade me escapa, ou talvez nunca tenha a tido: pensamento que me veio ao amar essa mulher, ao amar alguém livre, ao amar e ser impedido de amar — ao notar que construí meu próprio impasse, que a falta de dinheiro são as grades que me isolam, no cárcere da prisão que eu mesmo construí; onde estou, de onde escrevo; e saber isso dói. Quando foi minha vez, eu não pude ir até ela; até mesmo fazer uma loucura de amor foi-me impossível. E isso marca o fim: minha impotência, este livro. Mas, ainda assim, posso contar essa história que vivi; de tudo que aconteceu. Pude contar desse amor. Sim. Essa sorte. Devo tê-la escrito, simplesmente porque eu podia escrevê-la. Ou, porque escrever era tê-la por perto, ainda aqui. Distante e tão próxima, mas secreta, estrangeira. Ela era, e continua sendo, para mim, esse território desconhecido, como é a Argentina, seu país, seu codinome. E por não termos mais o que dizer, por eu não ter mais o que fazer, ante o silêncio, a ausência, a urgência, eu escrevo, escrevi, tinha o que contar, uma história. Quis me lembrar de tudo, e acredito que me lembro, e por muito tempo irei lembrar, porque ela foi a primeira. Quero nomeá-la como "meu primeiro amor".

Ela, que me apareceu numa noite de samba, no outono do Rio de Janeiro, e à distância vai desaparecendo; e desapareceu. Mas não posso. Senão esse livro perderia a força, o gozo, não faria sentido. Há de haver a espera, a fantasia, o desejo guardado. Mas, de qualquer forma, meus desamores passados, fazem dela, ela — a primeira. Por isso, este livro. Talvez eu me lembre por toda a vida. Ou, talvez me esqueça um dia. Talvez, ao encontrar a última me esquecerei dela — sem me esquecer, é claro, mas esquecendo. Não sei. Não sei mais de nada. Isso é tudo. É o fim.

Esqueço-me de todo espanhol que aprendi.

Decido trancar o curso de Letras na universidade.

Vejo pela TV a seleção de futebol da Argentina ganhar a Copa do Mundo.

A princípio, resisto em escrever sobre ela. Não queria. Resisti por meses, e depois começo a escrever.

Entre rasuras, nos cadernos abandonados da universidade, anoto uma primeira frase: "Antes, a Argentina não significava nada". Mas, não a usarei assim como me veio; modifico-a até chegar à frase que abre o livro.

Penso em título provisório: *O livro das primeiras vezes*. E descarto.

O fim dessa história se mistura ao início do livro.

Após a virada do ano de 2022 para 2023, estou incomunicável. E não verei, de imediato, a mensagem que ela me enviará; só verei depois de uma semana. Na mensagem, ela me deseja "feliz ano novo", diz que aprendeu muito comigo no ano que passou, e se desculpava por não ter falado mais nada. Ao responder, atrasado, na semana seguinte, direi que eu também não falei mais nada, que não havia razão para as desculpas, e que estava feliz por ela me mandar uma mensagem. E então ela diz: hoje é meu aniversário. Diz ainda: é um bom presente saber que você não me odeia.

Acho graça da coincidência das datas, e não acho mais nada. Mas não havia razão para odiá-la, nunca tive — ao contrário. Precisei que ela fosse embora. Precisei acreditar que nunca mais nos veríamos. O silêncio e a saudade que precediam a separação foram imperativos para a compreensão de tudo; que já não cabia na vida que tinha, que a casualidade que marcava meus "encontros" existia também por causa desse desajuste, entre a vida real e minha ideia de juventude a ser vivida por mim: escrevi o fracasso dessa ideia, e seu último registro.

Mas agora devo fechar esse livro da minha vida: há meses, observo a mesma mulher, revivo os mesmos dias, incessantemente. Estou cansado. Não quero mais pensar nela assim. Alimentei minha saudade, a cada dia. A cada dia, a protegi, preservando-a em minha memória, imutável, constante. Se ela voltasse agora, com o fim da escrita, seria como se ela tivesse acabado de ir, como se nenhum tempo tivesse passado, penso, sinto. Não quero mais. A imagem que guardo, a mulher que narro, não existe mais. Forcei minha saudade até aqui, mas acabou, sei que sim; deixo-me esquecer, e deixo-a empoeirar, envelhecer — que se transforme numa desconhecida.

A história havia acabado, teve ponto final: é outra que se inicia. Só que desta, vocês nunca terão o término, apenas esse começo.

Ou, talvez isso não seja o começo de nada — apenas outro fim.

Naquele dia, ao se despedir ela disse: I miss Rio. Diz que sente falta do Rio, e ao dizer o nome da cidade onde nos achamos, era como se ela dissesse meu nome, como se ela dissesse que sentia minha falta também.

Talvez, para a Argentina, meu nome seja "Rio".

Quatro vezes conversamos, desde então. Na última vez, ela estava em Londres. Conversando com ela, percebo meu compromisso com o livro. Na forma que impossibilito a continuação dos assuntos, que acabam em poucas mensagens. Se ela me julgar "desinteressado", não irá me procurar mais, penso aflito. Mas qualquer coisa que ela disser afetará minha escrita, e qualquer fato novo haveria de ser narrado. Nem eu, nem o livro, estão prontos. Nada mais pode ser dito — por enquanto. Ou jamais terminarei. Pois haverá sempre um detalhe, uma conversa, um gesto a mais a ser interpretado, infinitamente. E, para, além disso, meu sentimento de traição seria ainda maior, e as palavras se corromperiam, e eu já não poderia mais publicar, e não existiria mais um livro.

De novo, sinto aquele esgotamento do tempo. O livro precisa acabar; para que eu volte a imaginar um futuro, onde tudo ainda pode acontecer (a vida).

Zona Norte, Rio de Janeiro, entre 2022 e 2023.

© 2025, Ímã Editorial

Natividade, Rodrigo

A argentina : Rodrigo Natividade — Rio
   de Janeiro : Livros de Criação : Ímã
   editorial : 2025, 160 p; 21 cm.

ISBN   978-65-86419-44-3

1. Literatura brasileira. Título

25-254711   CDD B869.3

Índices para catálogo sistemático:
1. Romances : Literatura brasileira B869.3
Aline Graziele Benitez - Bibliotecária - CRB-1/3129

Revisão   Carla Branco

imɧ

Ímã Editorial | Livros de Criação
www.imaeditorial.com

Impressão e Acabamento | Gráfica Viena
Todo papel desta obra possui certificação FSC® do fabricante.
Produzido conforme melhores práticas de gestão ambiental (ISO 14001)
www.graficaviena.com.br